안 망하는
식당 창업

안 망하는 식당 창업

준비 안 된 식당 창업 쪽박 차는 지름길이다

오재천 쓰고 정인혜 그림

도서출판 **더 로드**
The Road Books

추천사

오재천 대표의 새 책에 거는 기대

K-푸드의 세계적 지위가 폭발적인 상승세다. 떡볶이, 삼계탕, 김치볶음밥, 소고기미역국 등이 잼버리 대회 공식 메뉴로 채택되었다. BTS, 블랙핑크, 뉴진스 등 아이돌 스타들의 세계 정상에 우뚝 선 K-팝 현상과 비슷해서 자못 고무적이다. 하지만 자영 외식업계의 생태계는 자생능력의 고갈로 존폐 기로의 갈림길에서 날로 피폐해지고 있는 참담한 현실이다.

오래된 친구 가운데 저자 오재천 대표는 요즈음 스타일로 표현하면 '찐 그분'이다. 그는 고등학교(경복고), 대학(고려대) 7년 후배이다. 그는 학창 시절 아이스하키로 이름을 날려 국가대표로 이름을 날렸거니와 현재도 전북아이스하키협회장으로 후진을 양성하고 있다.

오 대표는 필자가 전주대 문화관광대학장 재임 시 '한식 세계

화 고위과정', (사)한국외식산업경영연구원장 재임 시 '외식산업 CEO 고위자 과정'에서도 만난 필자에겐 확실한 '찐 그분'이 아닐 수 없다. 오재천 대표가 이번에 평생 창업해온 경험으로 터득한 성공과 실패 사례를 모아 그 원인과 "더 잘할 수 있었는데" 하는 아쉬움 등 세상 어디에도 없는 소중한 자료들을 한 권의 책으로 묶어낸 것이다.

그는 힘주어 말한다.

"실패를 예견하고 사업에 뛰어드는 사람은 아무도 없다. 누구나 성공을 꿈꾼다. 그러나 더 중요한 것은 절대 실패하지 않는 것이다."

이 책이 대한민국 식당 창업의 실패를 줄이는 데 큰 역할을 할 것임을 확신하며 기대한다. 이 책을 통하여 그려지는 격동의 현대사의 한 축을 감당하며 슬기롭게 살아온 저자 오재천 대표의 모습에 필자 포함 독자들이 자신의 생각을 투사해보고 유추해볼 수 있다는 기대감에 벌써부터 가슴이 출렁인다.

전) 전주대학교 문화관광대학장/교수
최종문

월급쟁이들의 꿈은 은퇴 후 치킨집 차리는 것이라고 한다. 오재천 대표는 이런 평범한 이들의 꿈이 파랑새를 좇는 꿈으로 끝나 인생의 낙오자로 전락하지 않도록 자신이 지난 40년 동안 36번 식당 창업을 해본 시행착오의 경험이 누군가에게 도움이 되어 "헛되지 않았구나!" 하는 마음으로 이 책을 쓰게 되었다고 그의 속마음을 밝히고 있다.

　망하지 않으려면 식당 창업을 통해 돈을 벌겠다는 마음보다 이일이 적성에 맞는지, 주 52시간 근무가 일상인 요즈음 하루 12시간 노동과 남들 다 노는 주말에도 일할 수 있는 마음의 준비가 되어 있는지, 실무 경험 없이도 입지 좋고 아이템 잘 고르고 홍보만 잘 하면 성공할 수 있다는 달콤한 말에 평생 모아둔 자금을 몽땅 털어 넣는 것은 아닌지를 경계하는 여러 실전 경험담을 들려주고 있다. 참 고마운 일이다. 평소 주변 사람들에 대한 마음 씀씀이로 볼 때 식당 창업 성공을 위한 체크포인트가 아니라 평생의 경험을 통해 얻은 값지고 귀한 경험을 바탕으로 식당 창업을 하려는 후배들에게 꼭 들려주어 누군가에게 도움이 되고자 하는 그의 진솔한 마음이 느껴진다.

나는 맛의 고장 전주에서 '수라온'을 성공리에 운영하고 있는 가장 성공한 대표님으로 그를 처음 만났기 때문에 그동안 이렇게 도전과 실패가 많았었는지를 알지 못했다. "破 pattern 하라 -그냥 해오던 대로 하면 망한다-" 부분을 읽으며 그저 오랜 경험에 의한 기성세대의 마인드가 아니라 빠르게 변하는 식생활 패턴도 간파하고 있는 그의 감각에 감탄하지 않을 수 없었다. 청년창업에서도 1순위인 식당 창업을 하려는 모든 이들에게 정말 도움이 되는 진짜가 나타났다는 생각이다.

전) 대한영양사협회 회장 원광대학교 명예교수
이영은

수적천석(水滴穿石)이라는 고사성어는 작은 물방울이라도 끊임없이 떨어지면 결국엔 돌에 구멍을 뚫는다는 뜻입니다. 이는 끈기있게 꾸준히 노력하면 큰일을 이룰 수 있음을 이야기하는 것으로 작금의 시기에 더욱 그 가치와 의미를 새길 수 있는 말이기도 합니다.

　오재천 저자께서는 외식산업(外食産業: FoodService Industry) 이라는 용어 자체가 있기도 전부터 사업을 시작하셔서 지금까지 무려 사십여 년의 시간을 외식업에 몸담으시고 직접 부딪히며 해결하고 성과를 만들어 냈습니다. 가히 여러 성과는 수적천석(水滴穿石)과 같은 노력이었고 보통의 노력과 끈기로는 이루어낼 수 없는, 이 시기를 겪은 모든 분이 잘 알고 계시리라 생각됩니다.

　책임감과 사명감 없이는 행하지 못하였을 그 시간과 내용은 외식업이 영세했던 시절부터 지금까지 변화했던 환경을 조금이라도 인지하고 있는 외식 관련 종사자나 관련 지식인이라면 누구나 인지할 수 있을 것이며, 이런 시간 동안 한 가지 업과 일에 몰두하고 꾸준히 행함은 아마도 여느 산업 분야를 막론하고 당연히 축하받아야 마땅합니다. 특히 저자께서 그간 이루어내신 36번의 창업과

40여 년의 시간은 이제 외식산업 계의 후배들에게 큰 귀감이 될 것으로 믿어 의심치 않으며 감사드리는 마음뿐입니다.

많은 것이 변해 왔듯이 외식사업의 경영환경도 사업의 구조도 많이 바뀌었습니다. 외식산업도 많이 변화하였지만, 가장 큰 변화는 외식산업 진흥법이 제정되고 발의되었으며, 이 기간 관련 협회와 조직도 동반 성장 하였습니다. 금번 책을 출간하신 오재천 저자께서는 이러한 변화를 끌어내시고 다양한 역할을 하심을 저 또한 먼발치에서 경험하고 지켜보며 혜택을 본 사람 중의 하나라고 생각이 듭니다.

사회가 복잡해지고 소비자의 요구도 다양해 짐에 따라 외식사업의 형태도 다양해졌고 경영을 위한 외식사업자의 역할이 다변화되었으며, 이에 필요한 외식사업자의 운영 능력과 메뉴 관련 기획과 여러 조정과 운영의 역할을 모두 수행하기란 보통 어려운 일이 아닐 것입니다.

이런 모든 경험을 뛰어난 안목과 노력 그리고 그 안목을 바탕으로 한 추진력으로 실천하시고 그간 외식업에서 실행하셨던 경험과 균형감은 여전히 큰 귀감이 될 것이라 생각이 듭니다. 이러한 내용을 『안 망하는 식당 창업』으로 발간하셨기에 이렇게 감사의 말씀과 추천사를 올리는 바입니다.

그간의 소중한 시간과 노력을 후배들에게 전해 주시고, 그런 통로로 소통하심에 그리고 귀한 자료로 만들어 주심에 대해서 다시 한번 깊은 감사를 드립니다.

전주대학교 문화관광대학 외식산업조리학과 교수
전효진

준비 안 된 식당 창업 쪽박 차는 지름길이다

식당이나 한번 해 볼까?
설마 망하기야 하겠어?

은퇴를 앞둔 정년 퇴직자 중에는 이런 생각을 하고 식당 창업에 뛰어드는 사람이 대부분이다. 별다른 준비도 없이.

나는 지난 40여 년 동안 36번 식당 창업을 했다. 성공과 실패를 반복하며 반타작은 한 것 같다. 초대박을 터뜨려 물탱크에 설거지물이 없어 직수를 뽑아 쓰다 고발도 당해보았다. 개업 후 6개월도 못 버티고 쪽박 찬 경험도 있다.

그 많은 성공과 실패 속에서도, 코로나 팬데믹 3년까지 겪으며 죽지 않고 살아남아 식당을 하고 있음을 기적이라고 할까? 빚으로 버틴 거다.

현재 우리나라는 약 70여만 개의 식당이 있다. 이 중 50%는 계속 망해서 주인이 바뀐다. 30~40%는 현상 유지 또는 누가 인수해 주기를 바라며 어서 이 바닥을 떠나려는 사장님들이다. 10% 정도의 극소수만이 돈을 번다. 이것을 알면서도 '나는 예외겠지' 하고 식당 하러 뛰어드는가?

퇴직금 탈탈 털고, 부족한 자금은 대출받고 주위 사람들에게 빌려 어렵게 식당을 차린다. 하루 12시간 이상의 근무 시간에다 토요일, 일요일, 공휴일 남들은 여행 가고, 즐기는데. 남이야 그러던지 난 식당에서 열심히 땀 흘리며 일할 준비가 되었는가?

내가 하고 싶은 메뉴를 얼마나 알고 있는가? 직접 일은 해 봤는가? 최소한 2년 정도는 직접 해 봐야 한다. 커피숍, 카페를 하고 싶으면 바리스타 자격증은 기본이고 카페에 취업하여 직접 일을 해라! 일이 적성에 맞고 마음의 준비가 되었고 실무 경험도 충분히 쌓았을 때 창업해야 한다. 가능한 한 작게.

이 책은 지난 40여 년간 식당을 창업하며 직접 경험한 수많은 성공과 실패의 원인, 더 잘할 수 있었는데 하는 아쉬움 등 세상 어디에도 없는 소중한 사례들이다.

실패를 예상하고 사업에 뛰어드는 사람은 없다.
식당 창업!

누구나 성공을 꿈꾼다. 그러나 더 중요한 것은 실패하지 않는 것이다. 실패의 대미지가 너무 크기에. 이 책이 대한민국 식당 창업의 실패를 줄이는 큰 역할을 할 것임을 확신한다.

2023년 여름
"다잡수소"에서 오재천

contents

1장

나도 이런 식당 한번 해 봤으면

2장

나의 좌충우돌 식당 창업기

3장

망하느냐 흥하느냐 무엇이 문제인가?

4장

어떻게 해야 안 망할까?

5장

행복한 날, 더욱 행복하게 해 드리겠습니다

1장

나도 이런 식당
한번 해 봤으면

I

얼른 와 밥 먹자
그 옛날 모내기 철 들밥 먹던 풍경

산업화 이전, 우리나라 모내기 철 농촌은 매일매일이 군대 출정식 같았다. 매일 아침 일찍부터 수십 명씩 모여 그날 할 일을 숙지하고 조를 짜서 출발한다. 못자리에서 한 묶음씩 다발로 모를 묶는 작업, 묶은 모 다발을 모내기할 논으로 옮기는 작업, 논두렁에서 논의 이곳저곳으로 모 다발을 던지는 작업, 모내기의 백미는 역시 양쪽에서 모내기 줄을 작대기에 묶어 "어이~어이~" 하며 한 뼘씩 옮기면 몇 십 명씩 쭉 늘어선 작업자들이 한 발씩 움직이며 모 다발에서 심기 좋을 만큼 모를 뽑아 손가락으로 허리 숙여 줄 맞춰 논에 심는 작업이다. 지금 돌이켜보면 그 많은 작업 인원을 일사불란하게 통솔하고, 작업을 분류해서 맡은 일을 제한된 시간에

줄이 좌우로 육사생들 분열식 하는 것처럼 기하학적으로 맞춰 끝낸다는 것이 리더십과 통솔력, 지적 능력이 동시에 수반되지 않으면 어려운 작업이다.

군대에서 1개 소대가 보통 30-40명이다. 1개 중대는 3개 소대니까 최소한 유능한 육사 출신 중대장의 능력을 갖춰야 가능하다고나 할까?

푹푹 빠지는 물구덩이 논바닥에서 일해 봤는가? 운동장이나 평지에서 일하는 것의 몇 배는 더 힘들다고 생각하면 된다.

모 한 포기 심는데 고개 숙이고 허리 숙이기를 반복해 보라! 이렇게 4시간 이상 모심고 난 후 먹는 밥. 그 밥이 얼마나 맛있고 목을 타고 넘기는 막걸리 맛은 어쩌겠는가. 와인? 맥주? 비교가 되겠는가.

작업하는 사람들이 동네 아저씨, 아줌마이기에 집에 있는 아이들이나 학교 가는 아이들은 집에 가야 밥을 챙겨주는 사람이 없을 수밖에. 그러니 학교 끝나고 오는 아이, 집에 있던 아이 모두 논두렁으로 모여들게 되어있다. 옆 동네 아주머니, 아저씨도 같이!

"어이! 삼순이, 일루 와! 밥 먹게!"
"야! 개똥아, 일루 와! 어여 와!"
"아이고 내 새끼! 배고프겠다. 어여 먹어!"
이렇게 모내기 철 농촌은 매일 잔치가 벌어졌다. 비교적 농사를 많이 지었던 우리 집은 새벽부터 밤늦게까지 일하는 일꾼들 하루 서너 끼를 준비해 차리느라 얼마나 바빴을까?

시꺼먼 가마솥에 밥을 여러 번 한다. 밥 한번 할 때마다 가마솥 크기의 누룽지가 나온다. 누룽지를 통째로 **빼내는** 기술이 있다. 그러니 하루에 여러 개의 가마솥 누룽지가 나온다. 장작불로 가마솥에 하는 밥은 또 얼마나 맛나겠는가?

들깨탕, 콩나물잡채, 삼삼한 국물에 질퍽하게 끓여내는 돼지고기 김치찌개, 직접 집에서 만든 메밀묵. 지금 기억해 봐도 너무 맛난 들밥이었다. 밥은 밥그릇에 고봉으로 퍼서 초보자나 경험이 없는 사람은 흘리지 않고 먹기가 어려울 정도로 밥그릇 위로 올려 퍼 담은 밥이 밥그릇의 두 배 높이다.

들밥은 소달구지에 실어 나른다. 아주머니들이 머리에 이고 오기도 하고. 이런 풍경을 자주 보면서 주위 사람들에게 맛있는 밥과 음식을 나눠 먹고, 주는 게 즐겁고, 재미있고 행복한 일이라는 것을 어렸을 때부터 보고 경험했음이 막연하게나마 커서 큰 식당을 한번 해보고 싶은 꿈이 싹트지 않았나 생각된다.

2

막걸리 양조장의 새벽
삶의 현장

　지금의 막걸리는 대형 주류회사들이 신기술을 접목하여 용기, 유통기한, 맛, 등을 획기적으로 개선하여 세계 각국으로 수출하고 우리나라에서 개최하는 국제회의 석상의 만찬주로도 사용할 만큼 획기적인 발전이 이루어졌다.

　내가 초등학교 다닐 때부터 30여 년간 막걸리 양조장은 우리 집의 가업이었다. 그 옛날 변변한 공장 하나 없던 우리나라 농촌에서는 막걸리 양조장은 부와 부러움의 상징이었다. 아니 황금알을 낳는 거위였다.

　봄철 모내기 철과 가을 벼 수확 철의 농촌 양조장은 일 년 중 가장 바쁜 시기였다. 논, 밭의 모든 작업이 사람의 손으로 전부 이루어지던 시기였다. 지금이야 농촌에서 도시로, 서울로 모든 사람이 이동하면서 농촌에도 인력난이 심각하지만, 그 시절엔 농촌에서 일할 사람이 없어 난리 친 적은 없었다.

참고로 1980년 중반 전북 김제 봉남면 인구가 12,000~13,000명 정도였고, 현재는 2,000명을 약간 넘을 정도다. 그것도 70세 이상 노인이 40%를 상회한다.

새벽 5시경부터 양조장은 바쁘다. 우리 양조장에서 각 마을의 소매상에 막걸리를 공급하기 위해 소가 끄는 달구지 뒷 칸의 술통에 막걸리를 채워 실어야 하고 직접 소매상들이 자전거를 타고 와서 뒷 짐칸 옆에 갈고리 모양의 걸기에 술통을 채워 건다. 수십 명이 일시적으로 몰려들어 북적거리며 한쪽에서는 술을 거르고 짜고 펌프질 하여 우물물을 길어 올린다. 전혀 기계에 의존하지 않고 사람의 힘으로 모든 일이 이루어지던 시기였으니 말이다.

별로 할 일이 없고 농사 몇 마지기 짓는 것으로 어렵게 생활하던 사람들이 많던 시기였기에 몇몇 사람은 매일 새벽에 양조장에 와서 펌프질이라든지 마당을 쓴다든지 자기 일처럼 도와주고 배달원들과 도매상들이 막걸리를 싣고 떠나면 우리 양조장 직원들과 같이 아침밥을 먹는 게 일상이었다. 물론 그 전에 해장으로 막걸리 몇 잔을 마시는 건 기본이었고.

큰 상에 김이 모락모락 나는 밥, 국, 찌개 등을 두 사람이 들고 와서 십여 명이 둘러앉아 식사하는 모습은 보기만 해도 군침이 절로 나오는 장관이었다. 고정멤버가 아닌 분이 가끔 올 때는 어이! 남철이! 이리 와 같이 먹게! 우리 직원들은 후하게 인심 쓰고 추가로 밥, 국도 가져다가 아침밥을 먹곤 했다.

먹고살기가 그만큼 힘들고 일자리도 없었고 농사철 품삯 받는 게 유일한 수입이었다. 노는 사람이 그만큼 많았던 정말 아득한 옛날얘기다.

날씨가 궂거나 비가 오면 막걸리 소비는 비례해서 준다. 비 맞으며 논이나 밭에서 일하는 사람은 없으니까. 그런 날은 우리 어머니 장기인 돼지고기 내기 화투치기가 어김없이 발휘된다.

"어이! 재환이! 나랑 돼지고기 내기 화투 치세! 나이롱뽕 할까?"

직원들의 망중한을 이용해 좋아하는 돼지고기를 서비스하는 대단한 경영 노하우였던 것이다.

항상 북적대며 일하고 동네 사람들 불러와 같이 식사하고 맛있는 것 요리해서 먹이며 직원 사기를 진작시키는 모습을 보며 자란 나는 아마 그때부터 식당경영을 꿈꿨나 보다.

3

오늘은 배 터지게 한번 먹어보자
명동 한일관의 추억

　우리나라에서 제일 유동 인구가 많고 번화한 곳이라면 서울 명동이 아닌가 한다. 요즘엔 서울 도심이 다핵화 되어 강남역, 성수동, 홍대앞, 연남동, 영등포 등으로 상권이 분산되었지만 매년 발표하는 우리나라 공시지가에서도 1등에서 10등까지 최상위권에 이름을 올리는 곳 중 명동이 가장 많이 올라간다.

　명동 입구에서 명동 성당을 향해 걸어가다 보면 오른쪽으로 옛날에는 코스모스백화점이 있고 조금 더 가면 첫 번째 골목이 있다. 코너를 끼고 유네스코 회관, 명동 파출소 조금 더 가면 우리나라에서 계속 공시지가 1위를 기록하는 우리은행 사거리가 나온다. 옛날에는 상업은행이었다. 좌측으로는 국립극장이 있다.

유네스코 회관 명동 파출소 옆에는 7층 높이의 빌딩이 있다. 지금은 사무실 용도로 사용되지만 오랫동안 "명동 한일관"이 그 자리에서 유명한 한식집으로 고객의 사랑을 받아왔다.

국민 소득의 향상과 다양한 식자재, 요리 기술의 발전, 육류 소비의 증가 등 먹거리 메뉴가 획기적으로 증가한 요즈음이지만 내가 고등학교와 대학을 다닐 때 최고의 한식 메뉴는 단연 "소불고기"였다.

생일, 기념일, 직장 회식, 가족외식, 데이트 등 특별한 날 먹는 음식이 소불고기였다. 요즘처럼 한우갈비, 스테이크, 각종 외국 음식 등은 몇 개 없는 호텔에서나 특수층이 먹던 음식이었을까?

아이스하키선수 시절, 큰 대회에서 좋은 성적을 거뒀을 때, 선배님들과 큰맘 먹고 한 번씩 단체 회식 때나 가봤을까? 한창 성장기 때, 운동선수들이 일 년에 한두 번 먹어볼까 말까 한 소불고기를 먹으면 얼마나 잘 먹겠는가?

"오늘 제대로 한번 먹어보자"

내 기억에 제일 잘 먹는 최ㅇㅇ라는 1년 후배는 10인분은 먹었던 것 같다. 배는 불러오는데 입에서는 계속 당기니까 너무 먹어 화장실에서 토하기까지 하면서 먹었다. 선수들은 보통 4~5인분을 먹었던 거 같다. 후식으로는 냉면, 만둣국 같은 걸 먹었던 기억이 난다.

거하게 먹고, 단체 사진 찍고, 일렬로 도열하여 인사하고, "잘 먹었습니다! 열심히 하겠습니다!" 파이팅 한 번 하고 헤어진다. 식사를 마치고 밖으로 나와 다시 "명동한일관" 건물을 쳐다본다. 남들은 배부르게 먹고 별생각 없이 귀가했겠지만 나는 달랐다.

"나도 나중에 이런 멋있고 손님이 많은 식당을 한번 해봤으면"

막연한 꿈이었을까? 지금 생각해 봐도 참 이상하다. 소위 일류 학교를 다니는 보통 학생들은 장래의 꿈이나 희망 사항이 그때만 해도 대부분 대통령, 장관, 판검사 정부 고위 관료, 대기업 회장, 장군 등 높은 직위를 가진 직업을 선호했었던 것 같다. 부모님들의 영향도 컸겠지만 그때는 지금처럼 "의사"에 대한 선호도가 높지 않았다.

외식업을 하면서 가끔은 어렵고 힘들 때 이렇게 스스로 위안을 한다. 너의 꿈이 "명동 한일관"처럼 큰 식당을 경영하는 거였잖아.

4

우리 집 벽 정면을 장식했던
아름다운 시 모음

서울 광화문 교보빌딩 전면에는 언제부터인가 아름다운 시, 좋은 글이 걸려있다. 그동안 걸렸던 시와 좋은 글 중에서 어떤 시와 글이 좋았는지에 대해 설문조사를 실시하여 순위를 매기기도 한다. 무심코 지나던 길에 눈에 들어온 시 한 구절이 가슴 깊이 와닿기도 하고 위로가 되기도 한다.

지금 내가 경영하고 있는 "전주밥상 다잡수소"도 개업과 동시에 시작하여 지금까지 십여 년 동안 그 계절에 어울리는 아름다운 시와 좋은 글을 게시하고 있다. 넓은 전면부를 활용하여 계절을 같이 공감하고 고객과 시민과 소통하고 싶어서다.

그냥 하고 싶었던 일이다. 얼마 전 우연한 기회에 만난 전주의 모 병원 이사장님께서, "누가 저렇게 꾸준히 좋은 글과 시를 게첨해 주는지 궁금하기도 하고 고맙기도 하다"는 말을 하셨다. 10여 년 동안 누구에게서도 듣지 못 한 말이다. 그런데 이사장님과 같은 생각을 가진 분이 계시는구나! 하는 생각에 울컥했던 기억이 있다.

어떤 때는 너무 오랫동안 계절이 바뀐 것도 모르고 지나칠 때가 있기도 하다. 쓴 웃음이 나오기도 하지만 나는 이 장소에서 식당을 그만할 때까지 좋은 시와 글을 계속 걸어 놓을 것이다.

그동안 "전주밥상 다잡수소" 전면을 장식했던 아름다운 詩와 계절 인사 중 몇 작품을 소개한다. 중, 고등학교 시절 교과서에 나왔던 시도 있다.

1. 개나리
−이해인

눈웃음 가득히 봄 햇살 담고
봄 이야기 봄 이야기 너무 하고 싶어
잎새도 달지 않고 달려나온
네 잎의 별 꽃 개나리 꽃
주체할 수 없는 웃음을

길게도 늘어 늘어뜨렸구나
내가 가는 봄맞이 길 앞질러 가며
살아 피는 기쁨을 노래로 엮어 내는
샛노란 눈웃음 꽃

2. 여름밤

-정호승

들깻잎에 초승달을 싸서
어머님께 드린다
어머니는 맛있다고 자꾸 잡수신다
내일 밤엔
상추잎에 별을 싸서 드려야지

3. 오월의 찬가

- 오순화

연둣빛 물감을 타서 찍었더니
한들한들 숲이 춤춘다
아침 안개 햇살 동무하고
산허리에 내려앉으며 하는 말

오월처럼만 싱그러워라
오월처럼만 사랑스러워라
오월처럼만 숭고해져라
오월의 숲은 푸르른 벨벳 치맛자락
엄마 얼굴인 양 마구마구 부비고 싶다
오월의 숲은 움찬 몸짓으로 부르는 사랑의 찬가
너 없으면 안 된다고
너 아니면 살아도 사는 것이 아니라고
네가 있어 내가 산다

4. 가을이 나를 보고

– 나태주

가을이 나를 보고
고백할 것이 있으면 고백하라 한다,
죄진 것이 있으면 회개하고
빚진 것이 있으면 부채 명세서를 공개하라 한다
.
.
가을 앞에서

나는 조그맣고 보잘 것 없는 한 마리 곤충
가을아,
잠깐만 너의 눈을 감아주지 않으련

5. 달이 떴다고 전화를 주시다니요

– 김용택

달이 떴다고 전화를 주시다니요
이 밤 너무 신나고 근사해요
내 마음에도 생전 처음 보는
환한 달이 떠오르고
산 아래 작은 마을이 그려집니다
간절한 이 그리움들을,
사무쳐 오는 이 연정들을
달빛에 실어
당신께 보냅니다
세상에,
강변에 달빛이 곱다고
전화를 다 주시다니요
흐르는 물 어디쯤 눈부시게 부서지는 소리
문득 들려옵니다.

6. 청포도

– 이육사

내 고장 칠월은
청포도가 익어 가는 시절
이 마을 전설이 주저리주저리 열리고
먼 데 하늘이 꿈꾸며 알알이 들어와 박혀
하늘 밑 푸른 바다가 가슴을 열고
흰 돛단배가 곱게 밀려서 오면
내가 바라는 손님은 고달픈 몸으로
청포(靑袍)를 입고 찾아온다고 했으니
내 그를 맞아 이 포도를 따 먹으면
두 손은 함뿍 적셔도 좋으련
아이야, 우리 식탁엔 은쟁반에
하이얀 모시 수건을 마련해 두렴.

7. 깃발

– 유치환

이것은 소리 없는 아우성
저 푸른 해원을 향하여 흔드는
영원한 노스탤지어의 손수건

순정은 물결같이 바람에 나부끼고
오로지 맑고 곧은 이념의 푯대 끝에
애수는 백로처럼 날개를 펴다
아아 누구던가
이렇게 슬프고도 애달픈 마음을
맨 처음 공중에 달 줄을 안 그는

8. 꽃

− 김춘수

내가 그의 이름을 불러주기 전에는
그는 다만
하나의 몸짓에 지나지 않았다.
내가 그의 이름을 불러 주었을 때
그는 나에게로 와서
꽃이 되었다
내가 그의 이름을 불러준 것처럼
나의 이 빛깔과 향기에 알맞은
누가 나의 이름을 불러다오.
그에게로 가서 나도
그의 꽃이 되고 싶다.

우리들은 모두

무엇이 되고 싶다,

너는 나에게 나는 너에게

잊혀지지 않는 하나의 눈짓이 되고 싶다.

2장

나의 좌충우돌
식당 창업기

I

피노키오는 외래어라 안 돼요
해바라기 과자점

대학 졸업 후 남들이 부러워하던 대한항공에 입사해 3년 후 퇴사했다. 대학 동창 2명, 고교 동창 1명, 이렇게 입사 동기 4명이 같은 날 동시에 사직서를 내고 집단으로 회사를 그만뒀다. 모두 항공 화물 운송 파트에서 열심히 일했었고 각자 달랐지만 가장 컸던 퇴사 이유는 장래에 대한 비전을 찾지 못했던 것이다.

그 당시 한국은 중동에 진출하여 건설 신화를 써가며 오일 머니를 거둬들이던 시기였다. 경제발전이 매년 10% 이상 성장하던 때라 수출입 물량도 폭발적으로 증가하여 항공 화물은 항상 포화 상태였다. 여객, 화물 모두 비행기 빈자리 찾기는 하늘에서 별따기였다.

코로나 시기에 대한항공이 여객기를 화물기로 개조하여 엄청난 흑자 신화를 기록한 기막힌 아이디어도 아마 그때 학습된 게 아닌가 생각된다. 그 시기에도 일반 국민들이 생각하는 것과 반대로 대한항공의 수익은 여객 쪽보다 화물 쪽에서 더 나왔고 경쟁력도 최고였다. 그러나 같이 근무하는 상사들의 모습은 닮고 싶지 않은 장래 나의 모습이었다. 퇴사 동기 3명은 각자 다른 직장에 취업했고 나는 내 사업을 해보기로 했다. 뚜렷한 업종이나 아이템도 없이…….

출퇴근길 지금은 철거된 아현동 고가도로에서 바라보는 굴레방다리, 북아현동 입구 거리는 항상 북적거렸다. 인구는 많은데 입구는 이곳뿐이었다. 놀기는 뭐하고 뭐라도 해야 할 것 같았다.

마침 매물로 나온 5평짜리 가방가게를 인수했다. 매일 아침 남대문시장 가방 도매상에서 물건을 사서 매장에서 파는 단순한 영업이었다. 갑자기 웬 가방가게. 처음 경험하는 일이었지만 눈썰미가 있었는지 골라 사온 가방은 그런대로 잘 팔렸다. 물론 어떤 날은 하루 종일 조그만 지갑 하나 달랑 파는 날도 있었지만.

가방가게 길 건너편에는 북아현동에서 유명한 빵집이 있었다. 하루 종일 손님들이 들락날락하는 게 재미있고 부러워 보였다.

'저런 빵집을 하면 지루하진 않겠군!'

옆 양장점에 가끔 놀러 가곤 했다. 전화받으러도 가고, 그 당시에는 일반전화가 귀했던 시절이었다.

마침 사장님의 처남이 빵 기술자라는 얘길 들었다. 그와 만나 얘기해 보았다.

"빵집은 퇴근길 동네 버스정류장에서 목만 잘 잡으면 대박 날 수 있다."고.

그때부터 고생은 시작되었다.

살고 있던 망원동 버스 종점에 점포를 얻었다.

-해바라기 과자점-

원래는 피노키오라고 상호를 정했는데 외래어를 상호로 쓸 수 없다는 행정기관의 통보로 인해 사용할 수 없었다. 인테리어는 같은 JC 회원 배 사장에게 맡기고 기계설비, 비품, 쇼케이스, 집기 등은 양장점 처남 빵 기술자가 소개하는 집에서 제작했다.

나중에 비교해 보니 엄청나게 바가지를 썼음은 초짜 빵집 창업자가 당하는 필수 코스였다. 빵집 오픈 전문 기술자들은 이런 방법으로 부수입을 올린다는 것도 그때야 알았다. 제대로 된 창업은 처음이었다. 경험 없이 인테리어, 기계설비 등에 바가지 쓴 거야 어쩔 수 없었고.

개업을 앞두고 가슴은 뛰고 설레는 마음에 잠을 못 이뤘다. 이게 어떤 돈이냐? 고향에서 논 팔아 온 돈인데 상권이 뭔지도 몰랐고 동네 버스 종점인지라 매출은 기대보다 크지 않았다. 겨우 적자를 면할 정도였다. 그렇게 약 6개월 정도 지났다. 좀 더 큰, 좋은 상권에다 해보면 어떨까? 경험도 좀 쌓았으니. 욕심이 생겼다.

남가좌동 명지대 입구 삼거리에 점포를 얻어 해바라기 과자점 2호점을 오픈! 큰 기대와는 어긋나게 여기도 매출은 별로였다. 망원동 1호점은 누님에게 맡기고 사는 집도 빵집 3층 주택으로 이사했다. 부족한 점포의 매출을 보완하기 위해서 점포 밖으로 거래처를 확보하여 빵을 납품하면 어떨까? 돌파구를 찾기 시작했다.

북악스카이웨이 아래, 고려 고등학교 매점, 경희대학교 도서관 매점, 금호동 고등학교 매점, 서부역 뒤 현대 칼라 매점, 명동 중앙 전신 전화국 매점 등 인원이 많이 모이는 다수의 거래, 납품처를 주위 분들, 친인척, 친구 아버지 교장 선생님 등의 도움으로 확보했다. 이젠 됐다! 하루 납품 빵만 약 2000개 확보!

이 많은 납품처에 (거리도 엄청 멀었다) 어떻게 배달을 해야 할까? 이 많은 빵을 만들려면 직원은 몇 명이 더 있어야 하고 몇 시부터 작업해야 납품처 영업시간에 맞출 수 있을까? 배달 차량도 없잖아! 해보자! 안되는 게 어디 있어!

빵 만드는 직원들은 새벽 5시부터 일어나 빵을 만들고 나와 집사람은 비닐봉지를 촛불에 그슬려서 빵을 하나씩 포장했다. 빵을 노란색 빵 상자에 담고 각자 지정된 학교로, 회사로 배달 시작!

동네 우유배달 아저씨는 우유배달 후에 오토바이에 수백 개의 빵을 싣고 가고 나는 직원 한 명과 50번 버스 타고 명동 중앙전화국에 가고 집사람과 여동생은 현대 칼라로 버스를 타고 서울역에서 내려 서부역 건너 서계동까지 빵 상자를 머리에 이고 갔다. 서울역 고가도로를 걸어서.

지금 생각해 보면 말도 안 되게 웃기는 무모한 상황을 연출했다. 하루는 명동 중앙전화국에 빵 배달을 마치고 명동 롯데백화점 앞 버스정류장에서 50번 버스를 기다렸다. 빵 상자를 3, 4개씩 들고, 서울에서도 가장 번화하고 유동 인구가 많은 명동거리를 배달한다고 생각해 보라!

명색이 일류대학 출신에 좋은 직장 다니던 아이스하키 국가대표 출신이 창피할 겨를이 없었다. 50번 버스가 도착했다. 앞문으로 타려고 발을 딛는 순간 버스 안내양이 밀쳐내는 게 아닌가? 빵 상자를 안고 그대로 뒤로 나가떨어졌다. 순간 웃음밖에는⋯⋯. 누굴 탓하겠는가? 옆에 있던 직원은 창피하다며 자기는 이제 빵 배달 안 한다고 그날로 그만두었다. 하하!

지불하지 못한 빵 재료값은 쌓여가는데 빵값 수금은 안 되고 납품 후 대금 결제는 보통 2주 이상 걸리고 설탕 등 원자재 값은 왜 그리 자주 오르는지. 설탕값 오른다고 빚내어 미리 줬는데 벼룩의 간을 빼먹지 설탕 도매상 업자는 부도내고 도망가고 업자 집

찾아 마당에 텐트 치고 농성해 일부는 받아냈지만, 우유배달 아저씨는 교통사고로 병원에 입원하고. 아! 어떻게 해야 하나?

1호점이 안정되지 않고 들어간 자금도 회수되지 않은 상태에서 또다시 부채를 안고 시작한 2호점은 쪽박 차는 지름길이었다! 하고 싶으면 1호점을 매각하고 2호점을 하던지. 불과 2년 남짓 시간에 엄청난 부채만 안고 폭망한 좋은 경험이었다.

2

이 자식이 사람을 쳐!
켄터키 후라이드치킨

대한항공 퇴사 후 경험도 없고 준비도 안 된 상태에서 시작한 제과점 사업이 빚만 남기고 쫄딱 망하고 말았다.

어느 날 동교동 버스정류장에서 버스를 기다리고 있는데 앞에 있는 점포에 사람들이 길게 줄을 서서 기다리는 걸 보았다. 호기심에 "뭐지?" 하며 나도 줄 뒤에 섰다. 앞사람에게 "무엇을 파는데 이렇게 줄까지 서서 기다리는 건가요?" 물었다. "켄터키 후라이드 치킨이라고, 토막 낸 닭에 양념 가루를 입혀서 압력 튀김기로 튀긴 건데 맛있어요! 요즘 엄청 떠요!"

30분 정도 기다렸을까? 겨우 한편에 자리 잡고 먹어본 맛은 이전에 먹어본 전기구이통닭이나 다른 튀김닭과는 확실히 달랐다.

기가 막혔다. "야! 이거 기가 막힌데. 별로 어렵지도 않고 규모도 작고 나도 할 수 있겠다! 어디에 하면 좋을까? 아! 마포 용강동 쪽이 좋겠다. JC 사무실 근방이면 좋겠군."

복덕방에 부탁하고 며칠을 출근한 결과 용강동 버스정류장(퇴근길) 앞 약 10평 정도의 점포를 보증금 2천만 원 월 70만 원에 계약할 수 있었다. 간판, 간단한 인테리어, 집기, 비품 등 아무리 적게 잡아도 7~8천만 원은 들어갈 것 같았다. 차마 떨어지지 않는 발걸음이었지만 어쩌겠는가? 고향 집에 내려가 마지막으로 한 번 더 도와달라고 하는 수밖에.

논 몇 필지를 급매하여 치킨집 창업 자금을 마련하고 올라오는 마음은 벌써 쿵닥쿵닥 뛰고 있었다. 간판은 직접 도안을 해서 만들었다. 미국에서 건너온 음식임을 강조하기 위해 성조기를 바탕에 깔고 사선으로 "켄터키 후라이드치킨"이라 했다. 내가 봐도 근사했다.

남대문시장에서 후라이드치킨 튀김기계, 양념 파우더, 닭 공급처를 확정하고 직원은 이제 막 고등학교를 졸업한 고향 아저씨 아들을 데려왔다. 내가 직접 앞치마 두르고 튀김가루 묻혀서 타이머 맞춰놓고 튀김 온도 설정해 놓고 띠 소리가 날 때까지 기다린다. 조심스럽게 천천히 뚜껑을 열면 노르스름하니 맛있게 익은 닭이 나를 쳐다보고 있었다.

요리라고는 라면 밖에 해 본 일이 없던 나는 두렵고 떨렸지만 흥분되고 자신감도 있었다. 잘할 수 있을 거야! 예상대로 오픈하자마자 닭은 날개 돋친 듯이 팔리기 시작했다. 점포가 퇴근길 버스정류장 바로 앞인 이점도 있었고 밀려드는 손님으로 저녁 피크타임에는 숨 쉴 틈도 없이 정신없이 닭을 튀겼다.

공휴일에는 100여 마리, 평일에도 40~50마리는 튀겨댔다. 요즘도 축구, 야구 경기를 관전하면서 시원한 맥주와 함께 먹는 후라이드치킨은 얼마나 짜릿하고 맛있는가. 몸은 고되고 힘들었지만 오늘은 닭이 모자라지는 않을까? 몇 마리나 팔릴까? 행복한 고민을 하며 어서 저녁 시간, 토요일이 오기를 기다렸던 하루하루였다.

공휴일 저녁에는 파트타임으로 직원 한 명을 더 썼다. 장소가 조금만 넓었으면 얼마나 좋을까? 욕심도 생겼다. 중고차지만 벽돌색 예쁜 포니 승용차도 한 대 구입했다. 출퇴근은 기본이요. 장 보고 짐 싣고 요긴하게 부려먹는 애마로.

밤 12시 통행금지가 있던 시절이었다. 11시에 퇴근 준비하여 11시 30분에는 출발해야 망원동 집에 갈 수 있었다. 퇴근길 몸은 무겁고 힘들었지만, 마음은 벌써 내일을 기다리고 있었다. 그러던 어느 날, 동네 다방에서 JC 친구와 이야기 중에 청천벽력 같은 소리를 들었다.

"켄터키 후라이드치킨 사장님이세요? 거기 요즘 소식 못 들으셨어요?"

"네? 무슨 소식이요?"

"직원들이 사장님 퇴근하고 가시면 친구들, 거기에 여자애들까지 불러와 밤새도록 술 마시고 노느라 동네가 시끄러워요!"

"네?"

나만 모르고 있었다. 순간 뒤통수를 쇠망치로 얻어맞은 듯 앞이 캄캄하고 아무것도 보이지 않았다. 어째 요즘 매출이 조금 줄어든 듯했다. 일시적인 일이겠지. 내일은 좋아지겠지. 했다. 이런 영향으로 손님이 줄고 있는 줄은 몰랐다. 먹고 마신 술은 그다음 날 사서 재고를 맞춰 놓았으니 전혀 눈치채지 못했다. 등잔 밑이 어둡다고 기둥뿌리가 썩어가고 있는 것을 나만 모르고 있었다. 어떻게 해야 하나!

나의 취조에 직원들은 모든 걸 자백하고 용서를 빌었다. 이놈들이 원망스러웠지만 이미 엎질러진 물, 어쩌겠는가? 한번 쳐진 매출은 좀처럼 살아나지 않았다. 원 부자재 대금은 밀릴 수밖에.

어느 날 외상값 받으러 남대문시장 거래처 사장이 찾아왔다. 이런저런 말다툼 끝에 싸움이 붙었다. 내가 이래 봬도 아이스하키로 다져진 몸 아닌가! 한 펀치 작렬했다. 남대문시장 사장이 나가떨어지며 "이 자식이 사람을 쳐! 장사 20년 해봤지만, 외상값 받으러 온 사람 패는 놈은 처음 봤다. 너 오늘 임자 만났다!"

서로 사과하며 끝냈지만, 멱살잡이, 쌈질에 목은 피멍 지고, 옷은 찢어져 늘어지고, 몰골이 말이 아니었음은 뻔한 것, 이 모습을 본 집사람의 통곡은 가슴을 후벼 팠다.

이렇듯 잘 되는 사업도 어느 한순간의 방심과 예기치 않은 사고로 매출이 고꾸라지면, 다시 살리기는 정말 어렵다. 아니 경험상 불가능하다. 이 경우 메뉴를 바꾸어 전체적으로 다시 시작하든지 매각하는 게 맞다.

다 망해 보증금 100만 원에 월 3만 원짜리 망원동 연립주택 한 칸으로 내려앉은 생활을 보고 가신 어머님의 통곡으로 얼마 후 나는 초등학교 4학년부터 중고등학교, 대학과 군대, 직장생활까지 나의 청춘을 함께한 서울을 떠나 낯설고 아는 이 없는 고향 김제 봉남으로 낙향하는 처지가 되고 말았다. 심신이 지쳐있었고 더 이상 사업을 할 자금이 없었다. 빚만 약 2억을 안고서.

3

독일 뮌헨의 옥토버 페스트를 옮겨 놓다

카이저 호프

논 팔아서 시작한 제과점, 켄터키 프라이드치킨집을 말아먹고 고향으로 낙향해 근신하며 와신상담! 가업으로 40년 가까이 내려오던 막걸리 양조장 덕분에 5년 만에 빚을 다 갚을 수 있었다.

난생처음으로 쌀 계 왕주 노릇도 해봤다.

하지만 그 당시 농촌에서는 최고의 사업이었던 막걸리 양조장도 농업의 기계화 -이앙기 한 대면 봄철 모내기 때 수십 명이 며칠씩 하던 일을 단 두 사람이 하루 이틀이면 끝내버리는- 로 농업의 대혁명이 일어나고 있었다. 같은 면적의 모내기라면 막걸리 20 내지 30 말은 마시던 농주 소비가 맥주나 음료수 한두 병으로 끝나버렸다.

양조장 사장님들을 만나면 "거기는 얼마나 빠졌어?" "이러다가 다 문 닫게 생겼네." 가 인사였다. 매년 매출이 30% 이상 하락하는 심각한 상황이었다. 어렵게 어머니를 설득하여 대지 2,000평, 한옥 안채 약 40평, 공장 약 100평의 40년 이상 대(代)를 이어 내려오던 가업을 처분할 수밖에 없었다.

매각 대금의 일부를 내 몫으로 받았으나, 서울로 다시 올라가 사업하기에는 턱없이 부족하였다. 하지만 마지막 기회이기도 하고 아이들의 학교 문제 등을 고려하여 아무 연고도 없는 전주에서 사업을 시작할 수 밖에 없었다.

우선 효자동에 19평 아파트를 매입하고, 무엇을 해야 할까를 고민하던 중 몇 년 전 KBS PD로 재직 중이던 주대식이라는 동창의 식당 창업 소식이 기억났다. 강남 논현동 건설회관 지하에서 한식과 일식 두 가지 메뉴로 1년째 영업하는 중이었다.

친구 주대식의 바지 허리띠는 세 구멍이나 줄었고 말이 아니게 야위어 있었다. "야 재천아! 이 힘든 식당을 왜 하려고 하니? 나 봐라! 식당 1년에 죽게 생겼다!" 극구 말리는 대식이의 말이 귀에 들어올 리 없었다. 마침 요즘 뜨는 사업이 있는데 오늘 그 회사 담당자를 만나기로 했다며 시간이 있으면 같이 가보자 했다.

을지로입구의 OB맥주 본사 특수사업부에서 새롭게 시작한 'OB HOF'라는 생맥주 사업이다. 동숭동 대학로 1호점, 논현동

사옥 2호점, 을지로입구역 3호점 등을 견학했다. 독일 뮌헨의 옥토버 페스트의 호프브로이하우스를 그대로 재현했다는 설명이다.

기둥을 조각칼로 굴곡지게 판 인테리어 하며 뮌헨 바이메른 지방 민속 옷을 차려입은 멋진 여직원들이 500cc 생맥주를 양손에 몇 개씩 들고 일하는 모습, 스피커에서는 브라스밴드의 행진곡이 쉴 새 없이 흘러나왔고 모든 게 멋졌다. 왁자지껄한 손님과 분위기도 압권이었다. '야! 이거 괜찮겠다!'

흥분된 마음으로 다음 날 아침 OB맥주 전주지점을 찾아갔다. 조심스럽게 사무실 문을 열고 들어선 순간! 저 멀리 보이는 얼굴이 낯이 익었다. 대학경제과 동기 김종무였다.

"아니 여기는 어쩐 일이야?"

"응. 나 OB HOF 한번 해보려고. 어제 서울 대학로 갔다 왔거든. 본사 담당자도 만나보고."

"그래?"

담당 과장, 대리 등과 점심 먹으면서 자세한 얘기를 나누고 바로 다음날부터 점포 물색에 착수했다. B급 입지에, 4거리 코너 신축 5층 건물의 2층 85평. 보증금 4,000만 원, 월세 100만 원에 계약했다. 마지막 건축 마감공사와 내부 인테리어 공사 병행, 공사 기간에 서울 본사 영업점에서 직원 교육, 생맥주 보관, 관리, 따르는 기술, 간단한 요리 등 필요한 모든 과정을 마쳤다. 드디어 1987

년 10월 5일 개업 날짜가 잡혔다.

2층이라 지나가며 직접 내부가 보이지 않고 간판 자리도 한정되어 있어 만족스럽지 못했지만 자신 있었다. 이 멋진 분위기와 인테리어, 생맥주 맛은 몰라서 못 마시지 마셨다 하면 한 잔만 마실 수 없는 기막힌 난생처음 마시는 맛인데 안 될 수 없지!

잠을 설치며 기다리던 오픈 날! 첫 여자 손님의 일성! "오빠, 어머! 여기 너무나 멋진 집이 생겼어. 빨리 와 봐." 80년대 빨간 공중전화박스에서 소리치던 그 목소리. 그때까지 생맥주는 먹다 남은 맥주를 주전자에 따라 한데 모아서 냉장고에 보관했다가 억지로 흔들어 거품을 내서 팔던 게 일반적이었다. 생맥주만 마시면 배탈이 나서 맥주를 좋아하는 마니아층도 생맥주는 기피하던 시절이었다.

그러나 OB HOF에서는 급속 냉각기라는 새로운 기계를 도입하여 별도의 맥주 저장 냉장고에서 예냉을 거쳐 급속 냉각기를 통과하여 여름철 3~5℃, 겨울철 7℃ 정도로 유지했다.

생맥주 주입기에서 맥주잔 위쪽으로 20% 정도 거품을 나게 하여 그 거품을 유지하며 끝까지 따르는 기술과 처음 나오는 맥주를 잔 바닥에 떨어지게 하여 거품을 적당히 만들고 잔 내부 벽으로 흐르게 따르는 기술 등 멋진 유니폼을 입고 계속 생맥주 조끼를 바꿔가며 따르는 퍼포먼스를 보려고 손님들이 바텐더 앞으로 모여드는 멋진 시간이었다.

생소했던 독일식 흰 소시지, 마늘 소시지 등 안주도 얘깃거리가 되었다. 500cc 한 잔을 단숨에 쭉 들이켜고 "탁" 내려놓는 멋진 모습! 여기 500cc 네 잔 추가요! 생맥주 맛있게 마시려고 열심히 땀 흘리고 운동한다는 마니아가 생겼을 정도였다.

과음으로 토하는 사람이 많아 매일 화장실이 막혔다. 변기 구멍 뚫느라 구역질 나고 힘든 나날이었다. 그러나 영업은 일취월장 승승장구였다. 덕분에 우수 영업점으로 선정되어 전국에서 10위권, 유럽 14일 여행도 보너스로 다녀왔다. 런던의 펍(영국인들은 프리미어리그를 거의 펍에서 봄), 프랑스 파리, 룩셈부르크, 독일의 로맨틱 가도, 로텐부르크의 멋진 성, 노이슈반슈타인성 등. 물론 뮌헨의 옥토버페스트를 직접 경험하고 무대에 올라 퍼포먼스도 해보고 황태자의 첫사랑으로 유명한 하이델베르크의 붉은 황소도 견학했다.

동창 지점장의 필사적 방어로 독점적 OB HOF를 2년 가까이 할 수 있었으나 2호점, 3호점이 생기면서 경쟁이 치열해져 매출은 하강곡선을 그었다. 물론 공급은 수요를 창출한다고 하지만, 전주라는 지방 도시에서 동종업계 매장의 증가와 매출 하락은 당연한 수순이었다.

같은 장소에서 같은 메뉴로 5년 이상을 계속 번성 점포로 유지,

발전한다는 것이 어렵다는 것을 경험한 좋은 사례였다. 그래도 좋은 아이템을 발견하여 처음 시작하는 외식업을 실패하지 않고 5년 이상 할 수 있었다는 것은 행운이었다. 카이저 호프는 식자재 직접 구매, 교육을 통한 업무 숙지, 복잡하고 어렵지 않은 메뉴 선택 등 얻은 게 많았던 성공한 창업이었다.

4

오늘도 기관장은
전부 우리 집에 오셨네

동원참치회 전문점 桃山(momoyama)

  '나도 땅을 매입하여 멋진 건물에서 제대로 식당을 한 번 해봤으면⋯⋯.'

  몇 번의 창업과 실패를 경험하며 외관부터 메뉴와 어울리는 나만의 식당을 꿈꾸었다. 1991년 우리나라 최초로 한양대학교에 '외식산업 고위자 과정'이 개설되었다. 먹는장사, 식당, 요식업 수준의 외식업에 '산업'이라는 거창한(?) 이름표가 붙은 뜻깊은 출발이었다.

  전국적으로 60만 개가 넘는 업소 200여만 명의 종사자, 이들이 부양하는 가족까지 합하면 외식산업은 국가의 중요한 산업임에 틀림없다. 오히려 늦어도 한참 늦은.

　　지원자가 모집인원을 초과하여 대기상태에서 겨우 추가합격. 매주 직접 운전하고, 콧바람도 쐬고, 아무도 모르는 일을 나만 알고 할 수 있다는 듯 나이 들어 새로운 지식과 동종 업종의 전문가들을 만나고 사귀는 일은 너무나 가슴 설레고 행복한 시간이었다.

　　교수님 중 김OO 교수가 계셨다. 한국의 외식 프랜차이즈 1호였던 '롯데리아'를 창업했고, 동원산업에서 새로운 사업을 준비하고 계셨다. 향후 성장 가능성이 높은 사업 아이템으로 국민 소득 수

준 향상과 건강식 선호 현상 등으로 '참치회' 전문점을 언급했다.

조금은 생소했지만, 모델 식당에서 시식해 본 결과 맛도 좋고 만족스러웠다. "참치회 전문점" 그래. 한 번 해보자!

전주 중화산동 은하 아파트 사거리 백재대로 50m 도로에서 20m 정도 들어간 8m 골목길에 대지 230평, 건물 1, 2층 120평을 건축하기로 했다. 주차장이 부족하다 싶어 대로변에 별도의 주차장 전용 부지를 임차했다. 펜스를 치고 "동원참치회 桃山 전용 주차장"이라고 멋지게 페인팅도 했다.

멋진 건물을 짓기 위해 서울로 발품 팔기를 여러 날. 강남 논현동의 중국 요릿집이 눈에 들어왔다. 전면이 라운드로 된 2층 건물이었다. 사진으로 찍은 모델을 건축설계 해보니 건축비가 직선이나 직각으로 하는 것보다 30% 이상 더 들어간다는 비보다. 자금도 없는 놈이 보는 눈은 있어서.

건축 공사 중 추락사고가 발생하고 예산보다 건축비용은 증가하고 어렵게 어렵게 1년여 만에 준공이 되었다. 너무나 멋진 나의 건물이 마침내 눈앞에 모습을 드러냈다. 감격스럽게.

영업허가도 오랜 진통을 거쳐 받게 되었고 주방과 홀 직원 모두 경험이 많고 우수하다고 인정된 사람들이었지만 일하는 것을 직접 보고 뽑은 게 아니었다. 오픈 전 제대로 잘할 수 있을까? 노심초사 걱정이 많았지만 오픈 리허설에서 훌륭한 조리 기술에 자신감을 얻었다. 드디어 오픈!

골목집의 핸디캡을 극복하기 위해 중고 화물트럭을 매입하여 뒤쪽에 간판을 싣고 영업시간에 맞춰 대로변으로 내놓았다 들여놓았다를 반복하였다. 오픈 한 달여 후부터 저녁은 만석, 점심 고객도 꾸준히 증가하였다.

"너 거기 가봤어?"

"어디?"

"동원참치 도산이라나. 뭐 중화산동에 새로 생겼다는데."

저녁 식사 시간에는 도 단위 기관장, 변호사, 의사, 건설사 사장님 등 지역 유지들을 매일 볼 수 있었다. 아니 지역의 명소가 되었다.

보통 일식집은 주방실장이 있는 바테이블(다찌) 뒤쪽이 대형접시, 술병, 사진 등으로 장식되어 있으나 '동원참치 桃山'은 다찌 뒤쪽에 정원을 멋지게 꾸며 통유리를 통해 바라보는 '뷰'가 압권이었다. 특히 저녁 조명이 들어올 때는 더욱.

흔히 일식집에 가면 다찌에 앉아 실장에게 팁을 조금 주고 맛난 요리를 맛보는 게 재미다. 동원참치 桃山에서도 같은 일은 다반사로 발생했다. 한점(piece)에 몇만 원은 족히 되는 혼마구로 뱃살을 몇 점씩 서비스로 주는 참사(?)는 계속되었고, 경영자는 바로 눈앞에서 매일 벌어지는 이 일을 보고도 못 본 척 –나눠 먹자 할 수도 없고– 해야 했다. 이 사람들은 이 재미로 일하는데.

참치회 전문점은 계절에 따른 매출의 차이가 너무 크다. 겨울철에는 매출이 크게 하락하는 구조. 10년 만에 참치회 전문점을 활어회도 겸하는 일식으로 변경하기로 결정했다. 미국 보스턴에 사는 매형의 오랜 친구인 일본 오카야마의 야마오카 사장님의 배려로 일본 현지에서 1개월에 자완무시, 마끼, 초밥, 튀김, 장국 등 일식의 기본부터 연수 교육을 받을 수 있었다.

일본 오카야마의 "히나세"에서의 연수 교육은 1개월 동안 일식 요리의 기본부터 엄격하게 시작되었다. 야마오카 사장이 같이 운영하는 모모타로 온천(桃太郎 溫泉)에서 숙식을 하며 하루 일과를 같이 하면서 배우는 연수 과정이었다.

이렇게 소중한 연수 교육을 받고 난 후 최소 5년 의무근무를 직원과 약속할 필요가 있었다. 미리 작성한 각서에 의무근무 기간을 맹세하고 위약할 때는 일금 5억 원을 배상한다는 내용이었다. 연수 교육 3일째 되는 날밤 잠자고 있는 직원을 깨웠다. 깜짝 놀라 깨어난 직원에게 각서의 취지를 설명하고 사인하라고 내밀었다.

"야! 이거 읽어봐! 너! 돈 주고도 받을 수 없는 연수 교육인데 한국 돌아가면 최소 5년은 의무적으로 근무를 해야 한다. 계약을 어겼을 때는 5억 원을 위약금으로 배상해야 해!"

놀란 직원은 잠시 뜸을 들이고, "네! 알겠습니다. 열심히 하겠습니다!"

그리고 자필 서명하고 사인했다. 마음 한편으로 꺼림직했던 부분이 해소되었지만 그 직원은 2년 근무 후에 휴무 뒤 돌아오지 않았다. 그 후 3년이 흐른 뒤 익산에서 근무한다는 소식을 들었지만 어쩌겠는가? 죄송하다는데.

오픈 시에는 야마오카 사장님, 주방 실장, 후계자 아들까지 전주에 와서 도와주었다. 정통 일식을 표방하며 일식 마니아층 손님에게는 호평을 받았지만 코리안 스타일 일식에 익숙한 손님에게는 비판도 받으며 그렇게 약 7년여간 영업을 계속하였다.

주위에 식당 해서 돈 많이 버는 사장님들 중에 일식집을 해서 돈 번 사람들을 별로 들어보지 못했다. 왜 그럴까?

고가 메뉴, 높은 객단가의 음식점을 경영하면 돈을 더 벌 수 있지 않을까? 생각하기 쉬우나 본인이 오너 셰프가 아닌 대부분의 경우는 수요층이 얇고 새로운 신규점이 오픈했을 경우 직원의 이동도 많고, 수요층도 같이 따라가는 패턴이기 때문이다. 특히 인구가 많은 서울, 부산 등 대도시를 제외한 전주 정도의 인구로는 어렵다.

핵심 직원, 주방, 홀 직원은 단골손님과 같이 이동한다는 좋은 경험을 했다. 내가 주방 요리 핵심기술을 가지고 하는 식당은 경쟁업소의 직원 빼가기나 이동에 대응할 수 있고 대를 이어 갈 수 있지만, 직원으로 멤버를 구성했을 때는 그때그때 좋은 직원을 다시 뽑고 변화에 선제적으로 대응하기엔 한계가 있을 수밖에 없다.

직장인들의 점심식사나 가볍게 한 끼 식사로 자주 먹는 음식이 아닌 사업상 손님을 대접하는 고가의 메뉴인 경우에는 더욱 힘들다.

5

서울 강남의 아침을
접수하자
전주 콩나물국밥 한일관

경부고속도로 천안 IC에서 나와 독립기념관 방향으로 좌회전하면 조금 가서 한국에서 내로라하는 손꼽히는 골프장이 있다. 매년 한국 오픈이 열리는 곳으로 난이도가 높고 세계적인 골프장 설계사가 설계한 골프장이어서 회원 되기도 어렵고 회원권 가격도 엄청 비싸다. 고교동창생 두 명이 회원이었는데 가끔 나를 불러내 자주 내 돈을 따가던 동창생 한 명이 있었다. 부친은 유명 인사로서 고위 정부 관료와 한국은행 총재까지 지냈던 분이다.

서울 강남구 논현동 건설회관 옆에 지하 3층 지상 10층의 외관도 수려하고, 별도의 주차타워가 갖춰진 빌딩이었다. 좁은 계단

이 아닌 전용 출입구가 넓게 별도로 있는 지하 1층 층고도 높고 매장 앞으로 식사 후 커피 한잔할 수 있는 여유 공간이 넓게 있는 매력적인 공간이었다. 임대면적만 전용 150평의 대형식당, 동창이 중국음식점을 했었던 곳이다. 골프 라운딩 후 식사하는 자리에서 "재천아! 너 내가 중국집 했던 자리 알지? 비었는데 생각 있으면 해라!" 그 자리에서는 바로 대답을 못 했지만 다시 서울로 진출할 수 있는 기회가 드디어 왔구나! 하는 생각에 내 마음은 흔들리고 있었다.

인근 시세보다 파격적인 좋은 조건에 계약서에 사인했다. 심사숙고 끝에 내린 결론은 전주콩나물국밥을 하면 성공할 수 있겠다였다. 인근에 고층빌딩이 많고 사무실 밀집 지역이라 아침을 거른 직장인들이 즐겨 찾을 수도 있고, 가격 부담 없는 전주의 명물 콩나물국밥, 전주비빔밥과 같이 주메뉴를 하고 저녁은 솜씨 좋은 주방장의 맛깔스러운 전라도식 음식이면 틀림없이 잘될 거다.

기다렸다는 듯이 전주에서 손발을 맞춰온 인테리어팀이 투입되었고, 콩나물국밥과 비빔밥을 전주 한일관의 이원영 사장님의 적극적인 배려와 호의로 비법을 전수받을 수 있었다. 전주 한일관에서.

지하에 위치한 식당을 알리기 위해선 눈에 잘 띄는 간판이 절대적이었다. 건물주 동창의 도움으로 좋은 위치에 지주 간판을 세울 수 있었다. 빌딩 관리 직원들의 적극적인 도움이 있었음은 물론이다. 말이 150평이지 4인용 테이블이 4개씩 들어가는 룸이 6개, 홀에는 테이블이 30여 개, 동시 수용인원 200명의 대형식당에 점심 식사 시간이면 인근 직장 손님이 한꺼번에 몰려와 30분 이내에 꽉 찬다면 상상이 되겠는가? 그 광경이 숙달된 직원이 주방에 6~8명, 홀에도 7~8명은 족히 필요한 엄청난 규모의 식당이었다.

드디어 개업날이다! 나는 오전 11시부터 인근 빌딩 앞에서 쏟아져 나오는 직장인들을 상대로 전단지를 직접 나눠주며 좌충우돌 열심히 발품을 팔았다. 지하라는 핸디캡에도 개업 첫날부터 손님은 제법 들어왔다. 처음에는 음식 나오는 속도가 더디었지만 금방 익숙해졌고 150평 넓은 홀이 오픈 며칠 만에 꽉 차기 시작했다.

뜨거운 콩나물국밥, 비빔밥을 주문 순서에 맞춰 빠른 시간에 지정된 테이블에 안전한 서비스를 하기 위해선 더 많은 숙달된 인원이 필요했다. 방법이 없을까? 궁리 끝에 전주에서 동원참치 직원을 투입하기로 했다. 아침 8시 전주-서울 고속버스를 타고 논현동 한일관으로 출근하고 점심 영업 후 오후 3시 서울-전주 고속버스로 전주로 퇴근하는 강행군을 2주간 계속했다.

2주 동안 한일관 직원을 늘렸고 직원들의 실력도 향상되어 인력은 어느 정도 해결되었다. 하지만 돌이켜 생각해 보면 상상도 할 수 없는 무모함의 극치였다고나 할까? 지금 다시 그런 상황이 벌어진다면 직원들은 따라와 줄까? 라는 생각을 하게 된다. 한바탕 전쟁을 치르는 점심 식사는 직원들이 녹초가 되는 것에 비해 매출은 별로였다. 객단가가 낮은 콩나물국밥이나 전주비빔밥이 주로 팔리기 때문이다. 저녁 식사가 매출을 올려 줘야 할텐데.

지하철역이 걸어서 15~20분 정도 떨어진 B급 입지였지만 주방 실장인 나 부장의 옛날 정미소 운영 시절 쌀 방아 찧으러 오는 고객들을 대접했던 손맛으로 만들어 내는 레시피가 따로 없는 전라도식 음식 맛에 반해 단골고객들은 늘어갔다.

개업 초기엔 너무 정신없어 엄두도 못 냈던 아침 영업도 시작할 수 있었다. 대박은 아니었지만 안정적으로 자리를 잡아갔다. 식당의 면적이 넓은데 비해 객단가가 저렴한 메뉴라 매출에 한계가 있고 인건비 비중이 너무 높았다.

교통의 발달로 3시간이면 갈 수 있는 거리지만 전주에서 서울의 직원만 15명인 150평의 식당을 꼼꼼히 관리하고 지속적으로 운영하는 것이 얼마나 힘들고 어려운지를 통감했다. 때맞춘 듯 IMF 금융 위기도 찾아왔고 야심 차게 다시 서울로 진출해 보자는 큰 그림의 전주 콩나물국밥 한일관을 가까운 친척에게 양도하는 데 채 2년이 걸리지 않았다.

150평 대형식당을 내가 직접 상주하면서 꼼꼼하게 챙기지 못하

고 관리자를 통해서 관리하는 데는 매출의 증대 직원 관리 등에
서 한계가 있었고 투자 대비 만족스러운 수익금이 발생하지 않았
다. 마침 식당을 인수하고 싶은 친척이 있었다. 아쉽지만 큰 기대
를 하고 서울에 진출한 "전주콩나물국밥"은 매각하게 되었다.

6

오리고기는
빛내서도 먹는다는데
신토불이 오리전문점

"형님, 나랑 언제 천안 한번 갈 수 있어요?"

연세대 외식 고위자 과정을 같이 다녔던 후배한테 어느 날 전화가 걸려 왔다.

"무슨 일인데?"

대박집이 있는데 형님이 보고 판단해 주시면 도움이 될 것 같다는 얘기였다. 그렇게 가게 된 천안 직산의 오리고기 전문점 '신토불이'. 천안에서 평택 쪽 국도를 타고 가다 직산에서 좌측으로 한참을 들어가니 논두렁 위에 흔한 시골 슬래브집이 있고 그 옆 복숭아밭에 하얀 2층 큰 집이 보인다.

주차장엔 대충 눈짐작으로 50대는 넘어 보이는 차가 빼곡하다.

논두렁 슬라브주택은 식당을 처음 시작했던 곳이고, 얼마 전에 복숭아밭으로 신축 이전했다는 것.

"야! 이런 사람도 별로 없는 시골 복숭아밭에 웬 차가 이렇게 많지?"

식당 안으로 들어가니 발 디딜 틈 없이 방마다 꽉꽉 차 있었다. 약 10분 정도 기다렸다. 2층의 방 하나를 겨우 차지했다. 오리고기는 별로 먹어본 기억이 없는 나는 그저 신기하기만 했다.

그때만 해도 식당의 테이블은 거의 좌식이었고 방도 온돌방이 전부였다. 오리고기는 닭요리 집이나 저녁 술꾼들이 즐겨 찾는 찌개, 전골류 식당에서 사이드메뉴로 제공되었지 오리고기 코스는 생소했다. 생고기, 주물럭, 양념게장, 훈제오리, 오리 삼백탕, 영양죽 후식으로 팥빙수까지 나왔다. 솥뚜껑에 생고기와 양념 주물럭을 구워 먹으니 고기가 타지 않아 불판을 갈아 줄 일은 없을 듯했다.

　　맛이 기막히다든지 하는 특별한 감동은 없었다.

　　"형님, 어때요?"

　　후배는 기다렸다는 듯 물었다.

　　"글쎄 난 특별한 맛이나, 감동은 없는데."

　　이렇게 첫 번째 방문에서 큰 느낌은 없었다. 얼마 후 후배는 이 음식을 그대로 재현하여 상호를 조금 바꿔 프랜차이즈를 시작했다. 그런대로 잘 된다는 소식을 들었다.

　　후배의 사업이 잘된다는 소식에 호기심도 생기고 주위 사람들이 의견도 듣고 싶어 주위 몇 분을 모시고 다시 한번 천안을 찾아갔다.

　　처음 방문 때 보지 못하고 느끼지 못했던 장점이 눈에 보였다. 가족단위의 손님이나 단체 손님에게도 가격과 코스 구성이 좋은 메뉴라고 생각되었다. 내가 직접 소스를 만들어 파는 형태로 할 것인가? 이 집에서 핵심 재료를 받아서 할 것인가? 고민과 검토 끝에 조건도 별로 까다롭지 않고 대박 난 이 식당의 노하우를 인정하고 가맹계약을 맺었다.

여러 가지 비법 소스와 위생적으로 가공 처리된 오리고기를 안정적으로 공급받을 수 있는 것을 선택했다. 입지는 단체예약을 많이 받을 수 있는 대형점포와 주차장이 넓은 곳이어야 한다.

어느 날 백제대로를 지나가다 안과병원이 있었던 곳이 눈에 보였다. 2층 상가 대략 150평, 주차장도 50대 정도 사용 가능했다. 야! 백제대로 변에 이런 곳이 있네! 2층 상가 구석에 상가 임대라는 플랜카드가 바람에 뒤집어져 걸려 있는 게 보였다. 무심히 지나칠 수 있었지만, 절실히 원하는 나의 눈에는 그게 보였던 것이다. 플랜카드에 적혀있는 전화번호로 바로 전화를 걸었다. 연결이 안 된다. 다음 날 아침 떨리는 마음을 겨우 진정시키고 연결에 성공했다.

"뭐 하실 건가요?"

식당은 안된다는 것을 느낌으로 알 수 있었다.

"아! 네. 프랜차이즈 식품인데요." 대충 거짓말로 얼버무렸다.

"내일 황산 농공단지에 있는 ㅇㅇ 로 몇 시에 오세요!"

"네, 감사합니다"

"식품 프랜차이즈 한다고 하셨는데 그게 뭔가요?"

"아, 네, 유명한 곳인데, 신토불이라고 오리고기 전문점인데요."

"그거 식당 아니에요? 식당은 안 돼요!"

당황스러웠다. 이 좋은 곳을 계약 못 하면 어쩌지? 순간 온갖 생각이 머리를 하얗게 했다. 그때 상담석 옆에 있던 ㅇㅇ이사라는 명패가 놓인 책상에 앉아있던 분이 "잠깐 이리 와보시죠!" 나를 불렀다. 그분과 이런저런 얘기를 나눠보니 젊은 시절 돌아가신 형님과 JC를 같이 했었고 우리 집안을 너무 잘 알고 있는 분이었다.

"걱정 마세요. 제가 회장님과 잘 의논해서 전화드리겠습니다."

"아! 네! 감사합니다."

다음날 식당으로 영업해도 좋다는 전화를 받고 돌아가신 조상님들 덕분에 이 사업을 이곳에서 하게 되었구나! 깊은 감사의 기도가 나도 모르게 나왔다.

1, 2층 300평의 상가를 전주 최고의 식당으로 만들어 보자는 일념으로 공사를 진행했다. 그동안 쌓은 많은 실패, 성공으로 시설, 직원들 교육은 순조롭게 진행되었음은 물론이다.

식당의 캐치프레이즈는 "기쁜 날 더욱 행복하게 해 드리겠습니다." 아울러 "3대가 행복한 식당"으로 정했다. 할아버지 할머니는 오리 삼백탕, 영양죽을 좋아하시고 생고기, 주물럭은 아빠가, 양념 게장은 엄마가 좋아하고, 후식 팥빙수는 아이들이 좋아하는 식당.

약 3개월간 지속된 오픈 이벤트 행사는 매주 추첨을 통해 각종 가전제품 및 건강식품, 자전거 등을 손님에게 제공하며 지루하지 않게 진행했다. 비용도 5천만 원 이상 투자했다. 2층에서 건물 앞 가로등까지는 옛날 초등학교 운동회처럼 만국기를 펄럭거리게 했다.

전주 시내가 들썩거릴 정도의 엄청난 홍보효과!

시끄러워 못 살겠다고 민원 넣고 항의하던 뒷집에서 냉장고 경품이 당첨되는 우연치고는 믿기 어려운 일도 벌어졌다. 약 몇 년간은 전주 시내 식당 중 톱3에는 뽑혔을 정도로 영업은 성황이었다. 토, 일, 공휴일은 예외 없이 옥탑의 물탱크 물이 부족해 설거지를 중단해야 했다. 수도관 중간에서 직수로 물을 뽑아 써서 동네의 수돗물이 안 나오는 해프닝이 매 주말마다 벌어지곤 했다.

임대료는 말일 지급 이전에 혹 늦을세라 송금하였고, 돌아올 세금도 미리미리 적립했던, 지금 되돌아봐도 가장 여유 있고 뿌듯한 시기였다.

주방장이 바뀌면 맛이 변하고, 거래처가 바뀌면 식자재 품질이 들쑥날쑥하는, 식당의 가장 중요한 기본적 부분을 걱정하지 않고 영업할 수 있다는 것은 성공과 실패의 가장 중요한 것임을 생각할 때 좋은 프랜차이즈를 골라 영업하는 것이 성공 확률도 높고, 자점 요리 식당과 비교해서 유리한 부분도 많다는 것을 경험으로 증명했다고 할까?

내 주위에 프랜차이즈 식당 영업으로 성공한 사람들이 의외로 많다. 직접 내가 요리를 할 수 없거나, 요리는 자신이 없어도 점포 관리, 인력 관리 등은 잘할 수 있다는 자신감이 있는 사람을 적극적으로 추천하고 싶다.

이렇게 "신토불이"는 14년 동안 나의 좋은 동반자였다.

7

냉면, 예술이 되는 곳
냉면예술

"저 실례지만 어디 사시는 누구신가요?"

"네, 부산에 사는 ○○입니다"

"혹시 무슨 일을 하고 계시나요?"

"네, 저는 냉면집을 하고 있습니다."

냉면 시즌이 끝나면 세계 각지로 여행을 많이 다닙니다. 여러 나라의 사례를 접할 기회가 많았는데요. 대부분의 나라에서도 터널 통행료를 받고 있습니다.

"아! 네. 말씀 감사합니다"

라디오 방송에서 터널 통행료에 대한 청취자와 프로그램 진행자와의 전화 통화 내용이다. 이 방송을 들으면서 야! 저 냉면집 사

장님. 정말 세상 멋지게 사는구나. 6개월 열심히 사업하고 나머지 기간을 여행하면서 힐링하고 세계 각국을 두루 돌아다니며 살면 얼마나 좋을까? 모든 사람이 꿈꾸는 삶은 이런 게 아닐까?

냉면집 사장님이 부러웠다,

냉면! 기온이 따뜻해지는 4월부터 9월까지 열심히 일해서 나머지 비수기 기간의 적자를 메우고 매달 일정하게 수익이 나는 영업과 비교해 차이가 없다. 해 볼 만한 메뉴가 아닐까? 내 주위에도 냉면으로 성공한 사람이 많지 않은가? 일규 형님, 조 사장 등.

냉면은 그동안 주메뉴가 아닌 사이드메뉴로, 또는 후식 개념으로만 해봤다.

"냉면을 메인 메뉴로, 간판도 ○○면옥, ○○냉면으로 확실하게 냉면을 부각시켜서 한번 해보자!"

전주효자동, 전주 교육청 앞 대로변 코너의 대지 335평을 매입하여, 1층 120평, 2층 30평 아담한 사무실, 파벽돌 2층집 "냉면예술"은 그렇게 탄생했다.

그동안 사이드메뉴로 취급 시 제일 솜씨가 좋았던 최병욱 실장을 주방장으로 영입하고, 부장, 과장등 핵심 인력도 보강했다. 건물 외벽에 "우리나라 최고실력의 냉면 기술자 최실장"이라고 간단한 약력과 사진을 넣은 대형 플래카드를 내걸었다. 냉면집의 가장 좋은 오픈 시기는 2월 말이나 3월 초가 좋다. 아직 봄기운의 따뜻함이 느껴짐은 없지만, 그때부터 손발도 맞춰보고, 홍보하는 시간이 필요해서이다. 1~2개월 정도의 예열하는 기간이라고 할까?

그 시기에 맞추려고, 서둘렀지만 건물 짓는 일이 내 맘대로 되는가? 5월 2일에 드디어 오픈이다. 5월 5일 어린이날! 5월 8일 어버이날! 일 년 중 손님이 제일 많은 날이다. 아! 이대로만 할 수 있다면 괜찮겠다 싶었다. 대박을 칠 수도 있겠다는 기대를 갖기에 충분했다.

6월은 소강상태, 6월 말부터 7월 초까지는 장마! 7월 중순부터 매일 최고 매출을 경신하는 신나는 하루였다. 장마철에는 비 오는 날과 맑고 기온이 높은 날과의 매출 차이가 5배도 더 나는 가슴 졸이는 시간이다. 비가 내려도 점심시간을 피해서 내리고 저녁 시간에도 밤에 내려야 할 텐데.

이 사업은 하느님이 점지하시는 사업이구나!

7월 말, 8월 초 최고 매출을 찍고 거짓말처럼 8월 15일을 기점으로 냉면 수요는 이과수 폭포수처럼 곤두박질쳐 버린다. 아무리 기온이 30도를 웃돌아도 이상하게 이 시기에는 냉면을 먹어보면 별로 입에 당기지 않는다. 봄철과는 반대로.

9월까지 그저 그런 상태의 영업이다. 이때부터 냉면집은 곁들임 메뉴를 지극 정성을 다하여 내놓는다. 갈비탕, 갈비찜, 전골, 만두 등등. 이는 고객관리 차원의 메뉴일 뿐이지 수익에는 큰 메리트가 없다. 냉면은 매력 있는 단품 메뉴임에 틀림없다. 하지만 과거에 비해 취급하는 식당이 많고 한식, 고깃집 등 거의 모든 식당이 여름에는 냉면을 취급한다고 보면 틀림없다.

10~20년 전 냉면 전문점에선 여름 피크 시즌엔 하루에 3,000그릇 이상 파는 냉면집이 꽤 있었다고 한다. 냉면 주방 실장들이 모이면 나는 하루 3,000그릇 팔아봤다. 난 4,000그릇도 팔았어! 믿어야 할지 무용담인지 주방실장이 삐지기라도 해서 하루 이틀 결근이라도 하면 손님들이 귀신같이 알아차린다.

"저 혹시 주방장 바뀌었나요?

냉면집은 냉면 기술 장인인 주방장의 의존도가 너무 높고 간단해 보이지만 맛을 잘 내고 꾸준히 유지하기가 생각보다 쉽지 않은 어려운 메뉴다. 지구 온난화의 영향으로 기후변화가 예측불허한 상황이 지속적으로 반복되고 여름철 집중호우, 태풍 등이 갈수록 심각해지는 요즈음은 처음으로 새롭게 식당을 창업하는 예비 창업자들은 조심스럽게 접근해야 하는 어려운 메뉴 중 하나가 냉면이 아닐까?

8

이 시대에 딱 맞는
한상차림
전주밥상 다잡수소

십여 년 전 50m 폭의 전주 백제대로 종합경기장 앞의 기가 막힌 땅에 어느 날 플래카드 하나가 걸렸다. '토지매매' 플래카드였다.

매일 출퇴근으로 지나가는 길이라 이 땅이 얼마나 좋은 곳인지는 알고 있던 터라 궁금하기도 하고, 돈도 없으면서 관심이 갔다. 길가에 차를 세워놓고, 발걸음으로 도로변으로는 몇 미터가 접해 있는지, 안쪽으로는 몇 걸음이나 되는지 세면서 계산해 봤다. 50미터 도로변에 42미터가 접해 있고, 8미터 도로에 32미터, 토지 뒤편으로는 6미터 도로가 42미터다.

3면이 도로에 접한 두부모처럼 네모반듯한 기가 막힌 땅이었다. 야! 땅이 이렇게도 예쁠 수가 있나? 감탄사가 저절로 나왔다.

입구 내부 천장에 장식된 세계 제일의 혀, 형상물, 우리집에 오는 고객의 혀를 만족시키
겠다는 경영자의 의지.

바로 전화를 걸었다.

"종합경기장 앞, 땅매매 플래카드를 보고 전화했어요."

"매매금액이 얼마인가요?"

"아! 네! ㅇㅇ억 인데요."

"아!ㅇㅇ 억! 알겠습니다. 다시 전화할게요."

"조금은 깎아 줄 수 있을 거예요. 1~2억 정도는요."

땅은 욕심났지만, 나한테는 조금 무리다. 잊어버리자! 다음날
그곳을 지나가는데 습관적으로 눈이 돌아간다. 아니 이게 어떻게
된 거야? 플래카드가 안 보인다. 땅이 팔렸나? 그럴 리가. 아쉽다.
그러나 나는 전화를 걸고 있었다. 엊그제 전화를 받았던 목소리였

다. 떨리는 마음을 억누르며 다짜고짜,

"여기 땅 팔렸어요? 종합경기장 앞 땅요?"

"아! 네! 안 팔렸어요."

"그런데 플래카드가 안 보여요."

"바람에 찢어져서 수거했어요."

"아! 알겠습니다."

안심이 됐다. '돈도 없으면서, 너는 왜 그러냐?' 하면서도 가슴
은 뛰고 있었다.

이 땅을 사자! 향후 종합경기장을 호텔, 컨벤션, 백화점으로 개
발한다는 뉴스도 있었고 땅값도 오르겠고 여기에 식당을 멋지게

차려 영업하고 종합경기장 개발이 본격적으로 이뤄질 때 팔면 괜찮겠지.

전주역에서 시내로 들어가는 길목이고, 이 땅 바로 앞의 사거리가 전주에서 통행인구가 가장 많은 곳 아닌가? 대학교, 은행 본점, 각종 금융기관, 신문사, 멀지 않은 곳에 백화점도 있고 고속버스 터미널도 5분 거리고 이만한 상권이 없지. 전주시 최고의 자리라고 봐야지. 이런 곳에서 돈 못 벌면 바보지 바보!

토지매매계약은 바로 이뤄졌다. 토지매매 대금 중 일부만 지불하고, 잔금은 3년 후에 주기로 했다. 건물은 식당 허가를 내고 은행융자를 받아야 해서 내 명의로 등기를 하기로 했다.

자금 사정도 있고, 빨리 짓기 위해 건물은 H빔으로 뼈대를 세우고 건축과 내부 인테리어를 병행해서 하기로 했다.

전주를 대표하는 음식 중에서 콩나물국밥과 비빔밥은 이미 기라성 같은 전통의 명가들이 포진해 있어 쉽지 않고 한정식은 새로운 방식의 코스 한정식으로 해서 기존 한 상 상다리 부러지는 30~50가지가 나오는 스타일과 차별화시키면 승산이 있지 않을까?

인테리어 공사 중 업자가 부도를 내고 도주했다. 선금까지 받아먹고, 유난히도 추운 12월 말이었다. 앞이 캄캄했다. 사업하면서 처음으로 눈물이 날 정도로 힘들었다.

수령 250년 된 모과나무

우여곡절 천신만고 끝에 공사를 끝내고 드디어 오픈!

최고의 입지, 멋진 건물 외관! 처음 접하는 한정식 코스요리! 호텔 뺨치는 식탁 테이블보, 크로스, 카네이션 생화를 꽂은 개인 에이프런 등 언제 이런 분위기에서 고급스러운 요리를 먹어봤던가? 내가 봐도 멋졌다.

1, 2층 300평에 대형 연회장 포함 테이블이 80개 대한민국에서 손꼽히는 무식하게(?) 큰 한정식 코스 요릿집이 탄생했다.

상시 근무 인원만 30여 명, 요리 종류가 코스별로 다르고 인원수에 따라 코스 종류에 따라 시간을 맞춰서 각 테이블로, 더구나 2층까지 요리를 제공한다는 게 얼마나 어려운 작업인가?

미리 만들어 놓을 수도 없고 주문 후 요리를 시작 해서 점심시간 12시에서 1시까지 한 시간이라는 한정된 시간에 전부 손님은 몰리는데 근무 인원만 많이 필요하고 점심 특선 요리는 가격대도 낮고 바쁘고 요란한 것에 비해 매출은 별로였다.

야~! 이 매출한다고 그렇게 바쁘게 난리 쳤나? 점심시간 한바탕 전쟁을 치르고 나면 허탈해졌다. 서울에서 그 비싼 월급 주고 숙소 제공하고 고급 인력들 불러서 겨우 이 정도의 매출인가? 6개월 영업 후 음식값을 20% 정도 인상했다. 반바지에 실내화 신고 입장하는 우리 집과 맞지 않는 진상 손님도 정리할 겸 해서.

매출 감소를 예상하고, 근무 인원도 조정할 겸 시도한 가격 인상은, 혹독한 시련을 안겨 주었다. 예상보다 고객의 반응은 냉담

했다. 손이 많이 가는 메뉴는 정리하고 가격은 원위치로 복귀시켰다.

휴가철이나 특별한 달, 연말 등을 제외하고 매출의 편차가 심했다. 일반 직장인들이 모임을 하며 먹기에는 가격 부담이 되고 편하게 자주 먹을 음식이 아닌 까닭에 격식과 분위기를 우선시 하는 상견례 등에 집중했다. 예상은 적중했다. 토, 일, 공휴일, 평일 중에서도 금요일도 가끔 상견례 예약 명소로 소문이 나기 시작했다. 거기서 상견례를 하면 결혼해서 잘 산다더라고. 평일과 공휴일의 매출의 편차가 너무 나면 근무인원 구성하기가 어려워진다. 한마디로 별로 재미가 없는 속 빈 강정이 되어갔다. 매출 대비 인건비 비중이 너무 높아 일 년 중 특수한 3~4개월을 제외한 영업으로는 한계에 봉착했다.

말이 1, 2층 300평 한정식 코스요리 전문점이지 빛 좋은 개살구였다. 우리 집을 타깃으로 삼은 후발 한정식 코스요리점들의 다수 등장도 결심을 굳히는 촉매제였다. 새로운 돌파구가 필요했다.

그동안 영업을 하면서 느낀 고객들의 요구에 부합하는 전주만의 특색과 전통을 살리면서 가격 부담 없이 집밥처럼 편하게 할 수 있는 음식, 너무 가짓수가 많지 않은 한정식과 전주 백반을 접목한 형태의 그런 음식이 없을까? 가격대는 2, 3만 원 정도의 부담 없는 수준으로 영업장은 1층으로만 한정하고 2층은 무료 카페로 그렇게 탄생한 음식이 "전주밥상 다잡수소"다.

전라남도 순천, 광주 등지를 여행하며 먹었던 보리굴비와 요리 3~4가지에 전주 8미를 기본으로 한 특색 있는 전주 음식 콩나물 잡채, 무 새우국, 황포묵 등으로 해보자!

모든 분이 좋아하는 알싸한 돼지불고기, 매콤 달콤 쭈꾸미 볶음, 진부령 청정지역에서 건조된 코다리찜, 내 고장 호남평야에서 최고의 품질 신동진벼를 5분도 미로 도정한 쌀을 자가 도정기로 매일 매장에서 직접 도정하여 쌀눈이 살아있는 건강한 무쇠 솥밥을 내자! 밥솥 뚜껑을 여는 순간 나를 쳐다보는듯한 살아있는 쌀눈에 감탄사가 나오지! 이렇게 마음을 가다듬고 2달여를 휴무하며 시설보수, 인테리어 재 수선을 거쳐 탄생한 "전주밥상 다잡수소"가 문을 열었다.

폭발적인 반응도 잠시 기다렸다는 듯이 코로나 팬데믹이 터졌다. 대한민국 자영업자, 특히 식당 사장님들을 절망의 늪에서 견디기 힘든 고통을 안겨줬던 코로나가 힘을 잃어 가기까지 3년! 죽을 만큼 힘들었던 빚으로 버티며 막아낸 구멍들! 다시는 오지 말아라! 영원히!

예상대로 전주밥상 다잡수소는 서서히 본 궤도에 오르고 있다. 전주를 여행하는 분들에게 현지인들이 추천하는 명소로 자리매

김하고 있다. 힘들 때 포기하지 않고 고객의 소리를 귀담아 새로운 메뉴를 구성하고 업종의 발판으로 삼을 수 있어야 한다.

대형식당은 돈을 벌 수 없다. 왜? 코로나와 같은 예기치 못한 일에 리스크가 너무 크다. 매출과 상관없이 인건비와 임대료 같은 고정비가 매월 지출되어야 한다. 잘 되어도 특히 1, 2층은 하면 안 된다! 일 년에 2층을 사용하는 날은 불과 며칠이 되지 않는다. 그러나 그에 따른 인력 관리비용은 의외로 너무 크다.

많은 인원 예약을 수용할 수 없는 아쉬움이 크게 느껴지지만, 비용에 비하면 무시해도 될 아쉬움이다.

3장

망하느냐 흥하느냐
무엇이 문제인가?

I

개업 문자, 카톡, 초청장
보내지 말라!

〈사례 1〉

얼마 전 모임을 같이 하는 지인을 만났다. 일요일 오후였다.

"어쩐 일이세요? 안녕하세요?"

"아! 여기 오늘 식당 개업하는데 왔어요!"

"그래요?"

'식당 개업식에 친인척, 지인을 초청하면 안 되는데.' 혼잣말로 중얼거렸다.

"네 그럼 다녀가세요!"

인사하며 둘러보니, 바로 옆집에 개업 축하 화환이 나 보란 듯이 삥 둘러서 있다. 내부에는 몇 테이블에서 손님들이 고기를 구워 먹고 있는 모습이 보였다.

〈사례 2〉

"오늘 개업 잘하셨어요?"

"네! 400만 원 팔았네요! 힘들어 죽는 줄 알았어요!"

오래전 놀부 프랜차이즈 사업할 때의 일이다.

"네? 그렇게 많이 팔았어요?"

'큰 일이네.'

역시 혼잣말로 중얼거렸다.

오픈 전 교육 기간에 제대로 교육도 받지 않았는데, 오픈하는 가맹점 사장은 자랑스럽게 전하는 승전보라고 생각할지 모르지만, 난 걱정이 앞선다.

점을 봤는데 특정한 그날 꼭 개업을 해야 대박이 난다고 점을 보고 개업일을 잡는 사장님! 몇 번의 개업 예정일을 미루면서까지 미비한 교육을 마치게 하였지만 부족한 부분이 자꾸 마음에 걸렸다.

눈앞에 선하다! 개업한 가맹점의 상황이. 우리나라 유명 일간지를 보면 1면 우측에 검을 띠를 두른 "변호사 개업 인사"가 자주 눈에 띈다. 본인의 약력을 쭉 나열하고 개업 인사, 날짜, 시간, 장소 등 거의 같은 폼의 개업 인사다.

누구나 개업하는 사람들은 많은 사람에게 알리려 한다. 아니

알려야 알게 되기 때문이다. 변호사 개업 인사와 식당 오픈 초청장 발송은 많은 차이가 있다. 아니 전혀 다른 사안이다.

개업 첫날부터 많은 매출을 올려야 한다?

되도록 많은 사람으로부터 축하도 받고, 또 매출도 올리고 싶은 마음에 그랬을 것이다. 백화점이나 대형 할인 매장등 대기업에서 운영하는 매장은 기존 영업 매장에서 많은 인원을 사전에 선발하여 체계적으로 교육과 실습을 시킨 숙달된 직원들이다. 엄청난 오픈 선물, 상품, 이벤트 등을 기획하고 홍보한다. 거의 완벽한 준비를 갖춰서 오픈한다. 경쟁적으로.

개인이 창업하는 식당은 이렇게 오픈 준비가 되어있는가? 고객이 일시적으로 몰렸을 때 해 낼 수 있는 능력, 즉 생산능력(주방), 서비스 능력(홀), 기타 주차장, 안내 등등. 주문한 음식은 언제 나올지 몰라 손님은 모두 주방 쪽만 쳐다보고 핸드폰만 보고 있다.

홀 직원은 소주병 하나 들고 세상 제일 바쁜 듯이 뛰어다니고 한쪽에서는 그릇 깨지는 소리가 요란하다. 사장님은 일가친척 지인들 맞이하느라 정신이 없다. 개업 떡은 테이블에 잘 나갔는지? 왜 이렇게 음식은 더디 나오는지? 사장님은 연신 속이 타들어 간다. 초청된 사람들만 개업 집에 오는 게 아니다. 옆집에서도 오고 지나가던 사람도 오고 뜨내기손님도 온다. 어떤 손님이 더 중요할까?

제대로 된 음식을 제시간에 못 먹고 기다리다 가버린 손님은 다시는 그 집에 오지 않는다. 우리나라 고객은 식당에서 음식 기다리는 한계 시간이 20분이다. 이걸 넘으면 폭발한다.

굳이 일가친척 지인들을 잔뜩 초청해 놓고 망신살을 떨 필요가 있는가? 이분들은 나중에 식당이 안정되고 잘 돌아갈 때 초청해도 되지 않는가? 아니 초청하지 않아도 된다. 차츰 알게 되면 찾아온다.

식당 오픈하는 날의 매출은 중요하지 않다. 아니 손님이 별로 없는 상태에서 오는 손님에게 정성을 다하고 성의 있는 음식을 내는 게 더욱 중요하다. 오픈 후 조금씩 손님도 늘어나고 식당의 손님 수용 능력이 늘어나는 게 자연스럽고 바람직하다.

식당의 성공 여부는 개업 축하 화분이 시들 때 봐야 한다는 말이 있다. 즉 오픈효과가 지나고 약 2~3개월 후부터가 진짜 매출이다. 그때 매출이 그 식당의 실력이라는 거다. 오픈 시 초청된 지인들에 신경 쓰느라 일반 고객에게 소홀하게 응대함은 성공하느냐, 실패하느냐를 가름하는 중요한 일이다!

지인들에게 식당 창업을 알려라. 두루! 오픈 후 천천히.

그러나 오픈하는 날을 정해서 몇 날 몇 시에 꼭 오셔서 축하해 달라는 문자, 카톡, 초청장을 보내지 말자!

2

영업 시작 30분,
영업 종료 30분 전이 중요하다

식당마다 조금씩은 차이가 있겠지만 보통 식당의 영업시간은 아침 9시 출근, 음식 준비, 청소 등을 마치고 오전 11시에서 11시 30분 사이에 점심 영업을 시작한다. 오후 3시부터 5시까지 Break Time을 가지며 잠깐 휴식과 저녁 영업 준비를 한다. 오후 5시부터 저녁 8시 30분이나 9시면 하루 영업이 종료된다.

식당의 위치와 메뉴에 따라 약간의 차이는 있다. 예를 들면 관광지에 위치한 식당은 주말이나 공휴일 등은 말할 것도 없고 평일에도 오후 3시에서 5시의 Break Time이 거의 없다. 대신 영업 종료 시간이 그만큼 빠르다. 패스트푸드 업종도 비슷하다.

냉면 같은 계절 메뉴를 취급하는 식당이 여름 시즌에는 Break

Time을 실시하지 않는 것과 같다.

　　2023년 3월 24일 울산 문수 축구장에서 한국 대 콜롬비아의 국가 대항 축구 경기가 열렸다. 콜롬비아는 세계랭킹 17위로 25위인 한국보다 높다. 남미는 모두가 축구 강국이기 때문에 카타르 월드컵에는 출전하지 못했다. 안와골절상의 후유증으로 그동안 제 실력을 발휘하지 못했던 손흥민 선수가 전반 10분 만에 첫 골을 넣고, 전반 추가시간에 두 번째 골을 프리킥으로 성공시켰다. 멀티골! 오랜만의 손흥민 다운 활약이었다.

　　후반전 시작 2분, 4분 만에 연속골을 허용해 아쉽게 2:2 무승부로 경기가 끝났다. 오늘 경기에서 기록한 4골 가운데 3골은 시작 10분 안에 나왔다. 첫 골은 끝나는 시간에 나왔다.

　　카타르 월드컵에서 기록한 골을 분석해 보면 경기 시작 10분 경기 종료 10분 전에 많다. 왜 이런 결과가 나오는가? 여러 요인이 있겠지만, 가장 큰 요인은 집중력의 결여! 미처 전열을 가다듬기 전에 경기 시작 직후라 아직 집중력이 높지 않기 때문이다. 경기가 끝날 때까지 누가 더 긴장의 끈을 놓지 않고 집중력을 유지하느냐에 승패가 갈린다.

　　식당 영업도 마찬가지다. 영업이 시작되면 언제 들어올지 모르는 고객을 생각하며 긴장해야 한다. '이른 시간이라 이 정도 준비가 덜 된 것쯤은 고객도 이해하겠지.' 이렇게 생각하면 큰 오산이다.

영업 종료 시간이 되면 몸이 피곤하다. 힘들다. 당연하다. 그러나 그 시간에도 고객은 들어온다. 맛있고 훌륭한 음식과 최고의 서비스를 기대하면서.

한가한 시간이라 전체 직원이 똑같이 근무할 여건이나 필요가 없다고 판단되면 필요한 인원을 별도로 구역을 나누거나 조를 짜서 배치하여 피크타임과 똑같이 아니 오히려 더 긴장해서 오는 고객을 맞이해야 한다.

오후 2시~2시 30분경에 늦은 점심을 먹으러 오는 고객이나 저녁 8시쯤 오는 늦은 저녁 손님들은 "지금, 식사 되나요?"하고 물어본다. 혹시 끝났을까? 조금 미안한 마음으로.

이 시간에 오는 고객에게 제대로 된 음식과 서비스가 이뤄지는 식당은 볼 것도 없이 피크타임 점심, 저녁은 100점이다. 영업 시작 30분, 끝나기 30분 전이 그 식당의 경쟁력이다.

3

식당 평면도만 잘 그려도
직원 1명은 줄일 수 있다

○○ 삼계탕 전문점이 있다. 3개 층 전체가 삼계탕 단일 메뉴만 취급한다. 별도의 주차시설이 없는 게 아쉽지만 외관도 수려하다.

몇 년 전 여름 뜨거운 어느 날 삼계탕이 당기는 날이었다. ○○삼계탕 전문점 1층 영업장에 들어선 나는 깜짝 놀랐다. 빼곡히 들어찬 높은 칸막이 테이블에 숨이 콱 막혔다. 창가 쪽으로 겨우 자리를 잡고 영업장 내부를 빙 둘러보며 또 한 번 놀랐다. 주방에서 삼계탕이 조리되어 창가 쪽 테이블로 오려면 영업장을 한 바퀴 돌아서야 올 수 있는 구조였다.

중간으로 통로를 내서 주방에서 창가 쪽이나 반대편 테이블로 바로 올 수 있도록 했으면 얼마나 좋을까? 직원들이 빙 돌아서 뜨

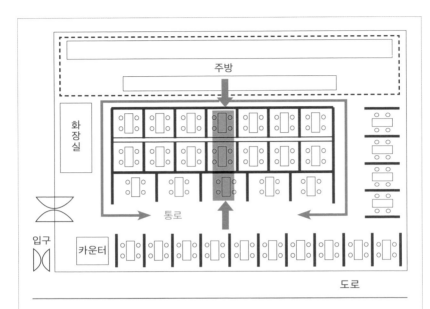

──── 부분은 높은 칸막이.

주방에서 반대편 창가쪽 테이블에 오려면 양쪽 사이드로 돌아서 와야 한다.
가운데 테이블로 갈 때도 돌아 좁은 통로를 통해 갈 수 밖에 없는 구조.

(제안) 주방에서 가운데 세로로 통로를 내면 능률이 배가 되고, 편하고 신속
하게 서비스 할 수 있다.

거운 삼계탕을 고객에게 전달하려면 직선으로 통로가 있을 때보다 3배 이상 이동 거리가 길다.

주방에서 나온 음식이 홀을 한바퀴 빙 돌아야 건너편 테이블에 갈 수 있다. 테이블 2개를 못 놓더라도 주방 앞으로 통로를 내 주어야 한다.

여름 피크타임에는 홀 직원이 2배 이상 필요하겠구나! 직원이 일하는 동선과 고객의 동선이 겹치면서 안전사고의 위험도 높고 일의 능률도 떨어지고 일하는 직원을 전혀 생각하지 않은 대표적인 비효율적 동선 케이스라고 하겠다.

언젠가 후배가 오피스빌딩가의 지하 식당을 인수하여 개업한다는 연락을 받았다. 외식업계에 꽤 오랫동안 근무한 경험이 있는 후배였다. 잘 돼야 할 텐데 기대가 걱정으로 확인되는 데는 오래 걸리지 않았다. 식당은 개업 축하 손님과 일반 고객으로 정신없었다.

아! 그런데 이게 웬일이야? 주방의 음식이 나오는 배식 위치와 먹은 음식이 설거지하러 들어가는 퇴식구 위치가 바뀌어져 있는 게 아닌가? 아니 식당 경력이 몇 년인데 배식구와 퇴식구 위치도 제대로 못 잡다니.

배식구는 고객 테이블과 최대한 가까운 곳에 둬야 한다. 퇴식구는 조금 떨어져 있어도 된다. 오히려 고객의 눈에서 잘 보이지 않는 곳이 맞는 위치다.

식당 평면 설계 시 동선의 위치 및 넓이는 너무나 중요하다. 아무리 멋진 인테리어로 잘 꾸며졌어도 동선이 제대로 되어있지 않으면 무용지물이다. 테이블 한두 개 더 놓기 위해 주방을 줄이고 동선을 좁히고 있어야 할 통로가 없다면 비용은 증가하고 고객과 직원에게 불편과 고통을 줘 실패할 가능성이 높다.

편리한 동선이 식당의 경쟁력이다!

4

식자재 구매만 직접 해도
절반은 성공한 것

식당 경영에서 가장 중요한 것은 무엇일까?

1. 입지다.

   뭐니 뭐니 해도 목이 좋아야 해!

2. 맛이다.

   식당은 음식맛이 좋아야지!

   요즘은 멀리 골짜기에 있어도 다 찾아가! 차가 있으니까!

3. 서비스가 좋아야 해!

   요즘 식당은 맛이 다 거기서 거기야! 맛의 평준화지!

   그래서 서비스가 제일 중요하지.

모두가 당연하고 맞는 말이다. 식당을 창업하는 분들이 비싼 월세를 주고 좋은 목을 찾아 나선다. 맛의 중요성을 알기에 비싼 월급을 주고 실력 있는 주방장을 모셔온다. 외부 강사까지 초청하여 서비스교육도 받는다. 어찌 보면 식당 운영의 기본 중의 기본이기 때문이다.

최근에는 가성비의 중요성도 대두된다. 내가 지불하는 돈만큼 음식의 질과 만족도가 충족되는가? 소비자의 마음까지 만족시키는가? 하는 가심비도 중요 요소로 떠오른다. 모든 요소가 고객을 어떻게 하면 만족스럽게 할 수 있을까? 그렇다! 오신 고객이 만족해서 가야 재방문이 이루어지고, 주위에 소문내고 SNS에 올리고, 우리 식당을 홍보해 준다. 꼭 와서 먹어보라고!

맛도 있고 영양가도 많고, 보기에도 먹음직스러운 음식을 값도 싸고 양도 많게 고객에게 낼 수 있으면 금상첨화다. 성공하는 식당의 정석코스다. 싱싱하고 청결한 야채! 부드럽고 풍미가 깊은 육질 좋은 고기! 음식의 맛을 결정하는 핵심 요소다. 음식의 맛은 주방장의 기술과 솜씨, 손맛에서 나오는 게 아니라 좋은 식자재에서 나온다 는 말은 허구가 아니다. 팩트 중의 팩트다!

그런데 당신은 그 중요한 식자재를 직접 구매하는가? (어떻게 구매하는가?) 아마 대부분의 식당 경영주들은 각 거래처에 주문한 배달해주는 식자재를 사용한다.

여기 우스갯소리가 있다. 배달해서 식자재를 구매하면 30% 비싸다. 배달비 기름값 등 외상이 많을 때는 은행 이자까지 포함해서 식자재에 붙인다. 구매직원이 구입하면 20% 비싸다. 구매직원이 거래처를 바꿀 수도 있으니 로비자금으로 일정 부분 식자재 값에 붙인다.

식당 사장님이 직접 시장에 나가서 구매하라! 식자재의 신선도, 크기, 무게, 색깔 등 가격뿐 아니라 식자재의 상태를 모두 살펴보고 살 수 있기에 얻는 이익이 엄청나다. 모든 거래처가 똑같지는 않겠지만 좋은 물건은 직접 오는 고객에게 팔고 상태가 좋지 않고 시든 것을 배달해 온다고 해도 어떻게 알겠는가? 좋은 식자재를 미리 빼놓고 배달해 주는 거래처도 물론 있겠지만.

식당경영에서 식자재의 비중은 메뉴별로 다르겠지만 대략 매출의 30~40% 정도다. 뷔페식당은 50%. 예를 들어 식자재를 30% 싸게 구입한다면 10% 정도의 수익을 더 올릴 수 있다는 계산이 나온다. 만약 주위에 경쟁업소가 있을 때 품질 좋은 음식을 경쟁업소보다 10% 더 싸게 팔 수도 있는 경쟁력이 생기는 것이다.

영업매출을 10~20% 올리기는 너무 어렵다. 광고비를 쏟아부어도 일시적으론 가능하겠지만 꾸준히 매출 상승을 유지하기는 어렵다. 비용도 많이 들고, 주류나 공산품, 소모품 정도는 거래처를 통해 배달로 구매해도 무방하다. 그러나 육류, 야채, 과일 등은 꼭 사장이 직접 구매하라!

절반은 성공했다고 감히 말하고 싶다!

5

유행 따라 뜨는 메뉴
하지 마라
메뉴 근본에 충실한가?

"음식 양이 너무 많아요!"

양이 너무 많은가? 좀 줄여도 되나? 일부 손님 말에 귀 쫑긋! 이러다 폭싹 망한다. 특별한 경우를 제외하고 식당 음식은 푸짐해야 한다. 예를 들어 콩나물국밥에 밥이 많으면 밥이 차츰 불어 개밥처럼 된다. 면류도 마찬가지다. 짜장면은 양이 약간 적을 때 더 맛있다. 필요시 원하는 사람에게는 눈치 보지 않고 더 먹을 수 있게 해주는 게 좋다.

무한리필은 조금 다르다. 사례를 보면 무한리필 고기 식당이 성공하는 경우는 극히 드물다. 품질 유지와 원가 부담이 서로 상충되기 때문이다.

프랜차이즈 영업의 경우 본사는 돈을 벌 수도 있겠지만 가맹점은 이런 이유로 수익 내는 것이 힘들 수밖에 없다.

평소 주위에 흔히 있는 메뉴를 거창한 이름을 붙여 운영하는 무한리필 프랜차이즈 가맹사업 같은 경우 자세히 들여다볼 필요가 있다.

가격은 적당한지? 원가비율은 어느 정도인지? 인건비 비중은 어떤지? 등.

손님이 바글거리고 영업이 잘되는 것처럼 보이지만 자세히 따져보면 보기와는 다르게 크게 이익이 나지 않는 구조일 수 있다.

혼자 생각하고 판단하여 남모르게 거사(?)를 일으켜 오픈하고서야 알게 되었을 때는 늦지 않는가? 생각이 있으면 먼저 주위의 경험자나 전문가와 상의하고 따져보고 해도 늦지 않는데 말이다. 모든 것에 우선하는 것은 '근본에 충실한가?'이다.

고깃집은 첫째 고기가 좋아야 한다.

안정적으로 수급이 되는가?

가격은 적당한가?

횟집은 생선이 싱싱해야 하고 백반집은 쌀이 좋고 밥이 맛있어야 한다.

포장된 겉모양에 너무 취하지 말자! 누구나 쉽게 할 수 있는 메뉴는 한 번 더 생각하라!

바로 따라 할 수 없는 근본은 무엇인가?

차별화 전략은 무엇인가?

과연 있기는 한 걸까?

꼼꼼히 따져보고 해도 늦지 않다!

6

좋은 자리? 나쁜 자리?
경사면을 피하라!

내리막길이나 오르막길에 위치한 곳에서 영업이 잘되는 곳을 보았는가? 주위를 둘러보면 금방 알 수 있다.

자! 서울을 한번 살펴보자. 대표적인 고갯길!

미아리 고갯길엔 뭐가 있는지, 관심을 가지고 살펴보자. 점쟁이 집만 가득하다. 장소가 좋아서 점집이 많은 걸까? 아니다! 무엇을 해도 영업이 안 되고 안 되는 걸 알기 때문에 비어있는 점포가 많고 가격이 싸질 수밖에 없다. 눈에는 잘 띄니 점집이 하나둘 늘어난 것이다.

아현동 고갯길은 어떤가? 조그만 술집들만 줄지어 늘어서 있다. 고급 카페가 아닌 흔히 얘기하는 방석집 같은 옛날식 주점이랄까?

조금 떨어진 언덕 위 이대 앞과는 하늘과 땅차이다.

이대 입구에서 신촌 로터리까지의 내리막, 오르막길도 거의 비슷한 양상이다. 특히 내리막길은 오르막길보다 영업이 더 안된다. 운전하면서 내리막길 옆에 뭐가 있는지 신경 쓰고 쳐다볼 겨를이 없잖은가? 오르막길보다 속도도 더 빠를 수밖에 없고.

물이 높은 곳에서 낮은 곳으로 흘러 모이듯 사람도 자연스럽게 평평하고 편한 곳으로 모이게 되는 것이다. 굳이 따진다면 내리막길보다는 오르막길이 낫고 출근 길목보다는 퇴근 길목이 좋다.

내가 살고 있는 아파트 주변을 둘러보라! 이상하게 길 양쪽이 다름을 알 수 있다. 시내에서 아파트로 들어가는 쪽의 상가들이 잘 되고 반대편 즉 아파트에서 나와 시내로 나가는 쪽의 상가들이 영업이 덜 됨을 알 수 있다.

땅을 매입할 때도 상가를 임차할 때도 반드시 염두에 둬야 한다. 아주 중요한 개념이다. 평평하고 편한 곳으로 사람이 모여든다. 퇴근길 방향이면 금상첨화이다.

전주의 경우 용머리 고갯길을 보자. 우측으로는 대장간이 여럿 모여있고 반대편으로는 축대가 위험하게 노출되어 있고 주유소가 있을 뿐이다. 경사진 고갯길! 사람도 힘들고 자동차도 오르내리기에 힘들다.

자연스럽게 물이 높은 곳에서 낮은 곳으로 흐르듯 평평하고 편한 곳으로 가자.

7

건물을 임차하여 영업하기
땅을 매입하여 영업하기

1. 타깃 고객에 따라 달라야 한다.
2. 메뉴에 따라 달라야 한다.

직장인을 상대로 주메뉴를 탕 종류, 면 종류, 찌개 종류 등 점심시간 직장인들이 한정된 시간에 먹기 적합한 메뉴라면 시내 중심가 사무실 밀집 지역에 있는 상가나 건물을 임차하여 영업하는 게 대부분이다.

가정주부들을 주 고객으로 메뉴는 가격이 조금 나가더라도 격식을 갖추고 먹는데 다소 시간이 걸리는 메뉴라면 시내를 벗어나 자동차로 20분 이내의 거리에 주차장을 갖추고 볼거리와 뷰를 갖춘 토지를 매입하거나 또는 장기 임차하는 것도 적극적으로 생각해봐야 할 것이다.

코로나 팬데믹을 겪으면서 재택근무라는 다소 생소한 직장의 근무 여건은 향후 우리 생활이 어떻게 변화하겠구나를 짐작하게 한다. 많은 회사에서 과거처럼 월요일부터 금요일까지 모든 직원이 똑같이 똑같은 시간에 출근하고 퇴근하는 근무 패턴은 다시 찾아보기 어렵게 될 것이다. 집에서 회사 일을 처리해도 큰 어려움이나 매출에 변화가 없음을 확인했기 때문이다.

오피스빌딩에 공실이 늘어나고, 팔려고 내놓는 빌딩도 늘어나 가격이 폭락하는 현상이 벌어지고 있다. 이러한 여러 가지 이유로 향후 시내 사무실, 오피스 중심 지역에서의 식당 영업은 어려움이 많아질 것이고 새로이 창업하는 사람은 필히 참고해야 할 중요한 사안이라고 하겠다. 이러한 생활 트렌드에 맞춰 도시 외곽에 토지를 매입하여 영업하는 식당 외식 창업을 적극 추천하고 싶다.

커피에서 시작된 Drive through 영업의 보편화와 햄버거, 샌드위치등 간편식까지 메뉴가 다양해졌다. 그걸 누가 할 줄 몰라 안 하나요? 돈이 없어서 못 하지! 하고 반문할 수 있다. 시내 중심가 오피스 밀집 지역의 상가를 임차하여 영업하는 것과 외곽의 땅을 매입하여 영업하는 것을 초기 투자 비용 등을 비교하여 분석해 보기로 하자.

시내 중심가 상가에는 보증금, 권리금, 월 임대료, 인테리어비용, 집기, 비품, 간판, 등의 초기 투자 비용이 들어간다. 예를 들어 보자. 중심가 70평 상가가 있다. 보증금 1억 원에 권리금 1억 원. 월 임대료 300~500만 원, 인테리어 비용 70평 기준 약 2~3억 원, 집기, 비품, 간판 등으로 1억 원이 들어간다고 하자.

<전체 초기 투자비>

보증금	1억 원
권리금	1억 원
인테리어비용	2억 천~3억 5천만 원
집기, 비품, 간판 등	1억 원
합계	5억 천~6억 5천만 원
월 임대료	300~500만 원

<토지매입하여 영업시 비용>

토지 (녹지,도시외곽)	300평	* 100만 원 = 3억 원
		* 200만 원 = 6억 원
건축	70평	* 500만 원 = 3억 5천만 원
		* 700만 원 = 4억 9천만 원
집기, 비품, 간판 등		1억 원
합계		7억 5천~11억 9천만 원

*토지매입 비용은 지역에 따라 차이가 있을 수 있다는 것을 참고해야 한다.

인테리어 비용은 건축 시 같이 공사를 하면 예를 들어 노출콘크리트나 파벽돌 등을 사용하여 건축할 때에는 별도로 들어가지 않고 절약이 가능하다. 이 경우 토지, 건물을 담보로 하여 은행에서 대출을 받을 경우에 최대금액 11억 9천만 원에서 6억 원을 대출 받을 경우 6억 원 * 5%(연이자율) 하면 3천만 원이 발생한다. 한 달 이자로 250만 원이 들어간다.

자본 6억 원이 있으면 6억 원을 대출받아 월 250만 원의 이자를 내고 내 땅 300평에 70평짜리 멋진 노출콘크리트로 지은 집에서 내가 하고 싶은 레스토랑을 할 수 있는 것이다.

도심에서 임차하여 영업하는 것과 크게 다르지 않고 오히려 월 임차료 보다 은행이자가 덜 지출될 수 있다고 생각된다. 건축 설계사와 시공전문가를 두루 만나서 자문을 받는 것은 기본이고 제일 중요한 과정이라고 생각된다. 건축비를 얼마를 들여서 어떤 자재로 어떻게 외관과 내부를 마감할 것인지 등등.

이 경우 건축 자재를 비싼 걸 고집할 필요가 없다. 요즘처럼 인건비가 건축비의 많은 부분을 차지할 때는 특히 중요하다. 나만의 개성을 살릴 수 있는 차별화된 식당을 할 수 있고, 향후 사업 종료 시에 매각 차액을 기대할 수도 있다는 영업 외 엄청난 기대수익도 바라볼 수 있다.

땅을 임차하여 건물 짓고, 영업하기는 필자의 경험상 10년 이상의 장기 계약이 아니면 하면 안 된다.

8

메뉴를 정하고
그에 맞는 장소를 구하라

오래전 호남지역에서 놀부 프랜차이즈 사업을 할 때의 일이다. 익산에 놀부보쌈을 하고 싶은데 와서 좀 봐 달라는 전화였다. 담당 슈퍼바이저와 함께 갔다. 새롭게 택지 개발을 하여 신시가지를 조성해 놓은 곳이었다. 큰 단지는 아니지만 주위에 아파트도 약 2~3천 세대가 들어올 예정이고 여기저기 상가도 조성 중이었다. 좀 떨어진 곳에 관공서로는 유일하게 경찰서가 들어가 있는 곳이었다. 안내된 곳은 그곳에서는 C 급지에 해당하는 구석진 곳의 3층 상가의 2층이었다.

규모는 약 100여평으로 꽤 넓었다. 이곳에 어린이 놀이방도 갖춘 보쌈집을 하고 싶다는 제안이었다. 넓은 것 빼고는 보쌈집으로는 입지가 적합하지 않다고 판단되었다.

"왜? 여기에 보쌈집을 하려 하시나요?"

"아! 네. 이 건물이 제가 지은 건데 2층이 세가 안 나가서 여기 보쌈집을 하면 어떨까 해서요. 장소도 넓고."

"아! 그러세요. 제 생각에는 이 지역에서 보쌈집을 하시려면 큰 도로변 코너 저 건물 1층이 좋겠어요."

"이 건물 2층은 시간이 걸리더라도 세를 주시고 저쪽을 알아보세요!"

"그래요? 나는 여기가 좋은데."

위와 같은 사례는 우리 주위에서 흔하게 일어난다.

"내 건물이니까 집세는 안 나가잖아!"

내 건물에 많은 시설과 인테리어 비용, 집기, 비품 등을 투자해 식당을 할 경우 임대하여 얻을 수 있는 임대수익도 없어지고, 건물 매각 시에는 투자한 금액이 더 큰 짐으로 남게 된다. 즉 건물 팔기가 무거워지는 것이다. 그 건물 2층은 보쌈집을 함으로써 이중으로 손해를 보는 셈이 된다.

보쌈집은 보쌈집이 잘 될 장소에서 해야지 내 건물은 집세가 안 나가니깐 하면 되겠지라고 생각하면 오산이다. 식당 창업은 내가 하고 싶은 메뉴를 먼저 정하고 그 메뉴에 적합한 장소를 택하는 것이 순서이다. 장소를 먼저 정하고, 거기에 맞춰서 메뉴를 정하면 내가 하고 싶은 잘할 수 있는 메뉴를 정할 수 없다. 억지로 꿰맞추는 창업이 되는 것이다.

닭이 먼저냐? 계란이 먼저냐? 비슷한 것 같지만 내가 원하는 식당 창업 반드시 지켜야 할 순서가 있다.

메뉴를 먼저 정하고, 거기에 맞는 장소를 고르라!

9

왜 이렇게 안 남아요

"왜 이렇게 안 남아요?"

"남는 게 뭐예요? 대출받아서 세금 냈어요!"

"정말 큰일이네요. 빚은 늘어가고."

빚으로 코로나 3년을 버티고 좀 나아지려나 기대했는데……. 요즘 규모가 좀 있는 큰 식당 사장님들이 만나면 나누는 대화다. 우크라이나 전쟁, 미·중의 패권 다툼으로 인한 지정학적 리스크, 원유 및 원자재가격 상승으로 인한 경기 침체 등 복합 위기임이 틀림없다.

옛날에는 식당 하면 밥은 안 굶는다고 했다. 30%가 남네. 얼마가 벌렸네. 지금 들어보면 정말 호랑이 담배 먹던 시절 얘기다. 왜 옛날에는 그렇게 이익이 많이 났었고, 지금은 이렇게 어려운가? 엊그제 보도된 바에 의하면 물가가 1.79배 올랐는데 최저임금은 6.3배가 인상됐다. 물론 원재료마다 차이는 있겠지만 원재료비 폭등, 거기에 4대 보험, 주휴수당, 휴무수당, 퇴직금, 주 52시간 근무에 따른 추가 근무 수당, 연차, 퇴직금 등등 근로기준법에 따른 의무 지출이 증가한 것도 가장 큰 이유 중의 하나다.

식당 경영에서 가장 많은 부분을 차지하는 지출은 인건비와 식자재비다. 이를 프라임 코스트라 한다. 즉 기본이 되는 주된 원가다. 이게 과거에는 매출에서 차지하는 비중이 인건비 20%, 식자재비 40%가 기본이었다. 그러나 지금은 최저 임금 등의 상승으로 인건비의 비중이 30% 이상이 되었다.

여기에 식자재비 40%가 되면 프라임 코스트가 70%가 된다. 여기서 임대료. 카드수수료, 공과금 등 고정비가 추가되고 부가가치세, 종합소득세 등이 더해지면 순이익 10%가 나오기가 어려운 구조가 되었다. 5~7% 정도가 고작이다. 이것도 영업이 잘되는 식당의 경우가 그렇다.

대기업에서 운영하는 대형식당의 경우에는 대량 구매에 의한 원가절감, 인력 충원의 용이함 등 일반 식당과 비교해서 프라임 코스트를 낮출 수 있는 여러 요인이 있다.

일반 중형급의 식당이 제일 타격을 많이 받는다. 사장님 등 가족이 총동원되지 않으면 이익을 내기 어려운 구조다. 그래서 손대는 게 직원 줄이는 거다. 지출항목 중에서 가장 비중이 높고 아깝게 생각되고 쉽게 실행에 옮길 수 있기 때문이다.

특별한 내부구조, 메뉴에 따라 조금의 차이는 있을 수 있지만 전체 매출에서 차지하는 적정 인건비가 있다. 하루 이틀은 줄어든 직원으로 해내고 버틸 수 있지만 며칠이 지나면 여기저기서 부작용이 나타난다. 이 사람이 아프고 저 사람은 오늘 일이 있어 못 나오고 기계도 계속 돌리면 고장 나는데 사람의 몸이 오죽하겠는가? 필요한 서비스가 안 되고 서비스의 질이 불량해진다.

갑자기 손님이 몰리기라도 하면 엉망진창 아수라장이 될 수밖에. 경험상 직원이 줄거나 식당 자체적으로 준비가 덜 된 상태일 때 반드시 고객이 한꺼번에 몰려올 때가 있다. 이런 일이 한두 번 반복되면 어김없이 나타나는 현상은 뚜렷한 고객 감소이다.

누가 그렇게 서비스도 안 되고, 엉망진창, 아수라장 식당에 다시 가고 싶겠는가? 임금은 항상 매출의 뒤를 따라갈 수밖에 없는 구조다. 다음 달부터 피크 시즌이 다가오면 미리 직원을 구해 대비를 할 수는 있다. 그러나 다음 달부터 피크 시즌이 끝나니까 이달에 고객이 많은데 미리 직원을 줄일 수가 없다. 그래서 매출이 줄어든 다음 달도 급여는 前月(전 달), 즉 피크 시즌 달과 같이 나갈 수밖에 없다.

식자재 원가가 올랐다고 질이 낮은 식자재를 사용하고 원재료를 적게 사용할 수 없고 매출이 조금 하락했다고 직원을 바로 줄일 수가 없다. 그래서 중요한 게 식당의 규모이다. 식당의 크기에 따라 "고정비"가 다르기 때문이다. 식당이 크면 고정비는 많이 들게 되어있다. 임대료, 공과금, 임금 등 말 그대로 영업 매출에 관계없이 지출되는 비용이다. 조금 더 넓었으면, 좌석이 몇 개만 더 있었으면 참 좋겠다. 이런 아쉬움이 남는 피크 타임에는 기다리는 팀이 3~4팀 정도 항시 발생하는 규모가 좋다.

직원은 최소인원만 근무해야 살아남을 수 있다.

내가 요리를 나만의 방식으로 할 수 있고 요리사를 고용하더라도 내가 할 수 있는 것과 할 수 없는 것은 완전 다른 얘기다. 오너 셰프, 작은 식당, 가족경영만이 살아남을 수 있다.

4장

어떻게 해야
안 망할까

I

퍼줘라! 이 집 망하게

"이 집 망해라! 이 집 망해버려라!"

본인이 근무하는 식당이 망하라고 고기를 밑에 깔고 계속 퍼줬다는 주방장 이야기를 한두 번은 들었을 것이다. 이솝우화 같은 우스갯소리로.

그 식당은 과연 어떻게 되었을까? 망했을까? 우습게도 계속 매출이 늘어 줄 서는 식당이 되었다.

아는 지인 한 분이 경영하는 보쌈집이 있다. 서울에서도 손꼽히는 상권으로 유명한 사당역 상권에 있다. 지금은 식당에서 금연이 법제화되었지만 얼마 전까지만 해도 식당에서 담배 피우는 것이

일상화되었었다. 카운터에서는 손님이 원할 때 줄 수 있도록 담배를 종류별로 사다 놓고 차익을 붙이지 않고 팔았던 시절이다.

음식값에 담배 가져간 것까지 계산해야 하는데 이 식당 사장님은 담배값을 계속 잊어버리고 음식값만 받았다. 계산하는 손님은 담배값이 계산되지 않은 것을 알면서도 얘기하지 않고 계속해서 그 보쌈집을 단골 거래처로 삼고 이용했다. 하루는 식당 사장님에게 궁금하기도 하고 본인 입장에서 꺼림직하기도 하여 지난

번에도 담뱃값을 안 받았는데 오늘도 계산이 안 되었네요! 하며 물어봤다.

"아! 그래요? 몰랐었네! 깜빡 했나봐요."

사장님은 멋쩍은 듯이 웃으며 대답했다. 사실 사장님은 담뱃값 계산을 빼먹은 것을 알고 있었다. 모른 척했을 뿐이다. 아니 영업 정책이었을 수도 있었다.

보쌈집의 예를 들어보자!

돼지고기 목살이나 삼겹살을 1kg 삶으면 600g 정도로 줄어든다. 보기에 엄청 줄어든 것 같다. 삶은 보쌈 고기 한 점이 커 보이기도 하고 두꺼워 보이기도 하고 때로는 얇아 보이기도 한다. 정량이 250g이라 하자. 고객에게 한 점이라도 더 주고 싶은 넉넉한 마음의 사장님 눈에는 고기양이 적게 보여 한 점이라도 더 올려놓고 싶어지고 칼같이 정량을 지키고 요즘 고깃값이 많이 올랐는데 큰일이야 하며 원가를 계산하는 사장님의 눈에는 왜 이렇게 고기가 많아 보이나 이렇게 차이가 나게 느껴질 것이다.

"他利(타리)해야 自利(자리)해 진다"

고객에게 이익을 돌아가야 고객이 증가한다.

일시적으로는 나와 식당의 이익이 줄어들겠지만 길게 내다보면 고객이 증가해 번성하는 식당이 된다. 평범하고 쉬운 것 같지만 막상 식당 영업을 하게 되면 알면서도 누구나 하지 못하는 진리이다!

"퍼줘라! 자꾸 퍼줘라!"

"손이 오그라들면 안 된다. 손을 쫙 펴라!"

"항상 고객의 입장에서 이익이 되는 길이 번성하는 식당의 지름길임을 잊지 말라!"

2

끊임없이 투자하라

현재 국내에는 외식산업 고위자 과정을 개설하여 외식산업과 외식산업에 필요한 지식과 정보를 개발하고 교환하며 외식 인의 자기 계발과 자질 향상, 미래 시장에 대한 대비책 등을 연구하는 대학이 상당수 있다. 연관 산업에 종사하고 관심이 있는 사람이 대상이다.

연세대학교를 비롯하여 서울대학교, 중앙대학교 등이 있고 지방에는 전남대학교, 대구 카톨릭대학교 등이 있다. 월간식당에서는 외식 고위자 과정을 통하여 활발하게 외식산업 인을 교육하고 양성하고 있다.

이런 과정들을 통하여 전문지식을 취득하고 한 가지라도 더 알고 사업에 도움이 될 것을 찾는 사장님들은 멀리 제주도에서 부산, 대구, 광주, 여수, 전주 등지에서 그 먼 거리를 마다하지 않는다. 왜 그들은 비싼 수강료를 내고 비행기 타고 기차 타고 시간을 소비하며 달려가는 것일까? 아는 게 없어서일까?

사실 이 사장님들은 이러한 과정을 듣지 않아도 잘하고 있고 어찌 보면 하지 않아도 될 분들이다. 현재 그 지역에서 최고의 외식업체를 경영하고 있는 분들이 대부분이다. 잘하고 있지만 더욱 잘하기 위해서 혹은 내가 모르는 무엇이 있나? 한 가지라도 더 알고 싶고 혹은 부족한 것이 없나? 새로운 정보는 없나? 더 발전하고 싶고 기라성 같은 대한민국 최고의 경영자들과 같이 호흡하고 동지애를 느끼려 모여드는 것이다.

모르는 사람은 내가 무엇이 부족하고 무엇을 잘못하고 있는지도 모른다. 그 먼 거리를 돈을 들이고 시간 빼앗기며 무엇 하러 가냐고 물어본다.

우물 안 개구리는 우물 사이즈밖에 볼 수 없다. 그것밖에는 모른다. 아는 만큼 보인다. 다시(多視)해야 다감(多感)한다고 했던가. 배우고 자기 계발하는 데 시간이 정해져 있지 않다. 특히 외식산업 종사자들은 시간을 내 공부하고 다른 외식산업 종사자들은 어떻게 하고 있는지를 많이 보고 느껴야 한다. 그리고 느낀 바를 내 식당에 접목하여 실행해야 한다. 견학도 많이 하고 여행도 많이

다니길 적극 추천한다.

    사용하지 않는 칼은 녹이 슬기 마련이다. 점포의 매출이 하락하는 것은 분명 이유가 있다. 외부요인이 아닌 내 식당 안의 요인에 의한 매출 감소가 거의 대부분이다. 내가 알고 있는 지적 능력도 유통기한이 있다는 것을 명심하라! 끊임없이 보고 듣고 느끼고 실행하는 것만이 지속적인 번성을 이룰 수 있는 길이다.

    이익금의 10% 정도는 점포의 리모델링 비용으로 적립하라! 5년이 경과하면 전체적으로 리모델링을 하여 고객에게 항상 새로운 점포를 제공하라!

3

식당 창업(영업) 인맥에
기대지 마라

꽤 오래전의 일이다.

부동산 중개업을 하는 사장님이 갑자기 고속버스터미널 옆에 땅을 구입하여 3층 건물을 짓고 있었다. 조금 애매한 상권으로 용도가 궁금했다.

"건물 다 지으면 뭐 하실 건가요? 특별한 계획이 있으세요?"

"아! 네. 3층은 주택이고요. 1, 2층에는 아담하게 고깃집을 하려고요."

"아니 갑자기 고깃집은 왜요?"

"아, 제가 모임이 15개는 되는데, 식당에 한 달에 나가는 돈만 해도 ○○만원은 돼요. 특별하게 맛있게 잘하는 식당도 없고 솔직히 회식비로 나가는 돈이 아까울 때가 많아요. 제가 회장을 맡고 있는 모임도 7~8개는 되고요."

"……"

"그리고 저희 형제가 알다시피 5형제에다가 여동생도 2명이있고 저도 로터리를 하고 있고 저희 형제들 모임만 다 합하여도 한 달에 50건은 될걸요. 이 중에서 2분의 1만 우리 가게로 온다고 하면 기본 매출은 할 걸요"

식당을 비롯한 외식업을 형제가 많다고 아는 사람이 많다고, 어느 학교를 졸업 했다고, 사회봉사단체인 라이온스, 로터리, JC 등의 활동에 힘입어 쉽게 생각하는 사람들이 의외로 많다. 아는 사람이 식당을 경영한다고 홍보하고 초대하면 체면으로 한두 번은 갈 수 있다고 하자.

만약 내가 참여하고 있는 봉사단체 회원이 50명이라고 할 때 회원 50명이 각기 자기가 아는 식당으로 한 번씩만 간다고 해도 내가 하는 식당이나 아는 식당에는 50번 회식할 때 한 번밖에 차례가 돌아오지 않는다.

그리고 우리가 경험을 통해서 알 수 있듯이 식당은 아는 집에 가면 오히려 불편할 때가 많다. 돈을 내고 행세를 하고 누리려고 가는데 아는 집에 가면 그걸 할 수가 없다. 또 식당은 맛이 있어야 가는 곳이지 아는 사람이 하는 집이라고 가지 않는다.

식당은 불특정 다수를 상대로, 맛으로, 서비스로 승부하는 곳임을 잊으면 안 된다.

아는 사람이 많다고 형제가 많다고 참여하는 모임이 많다고 식당은 성공할 수 없다. 식당 영업은 맛, 서비스, 청결, 입지 등 본질에 충실할 때 다른 식당과의 비교우위에 있을 때 성공할 수 있다.

앞서 언급한 부동산 사장님의 식당 영업이 끝나는 데는 채 1년도 걸리지 않았다.

4

점포 수 늘리지 말자
2호점의 함정

외식업에 뛰어든 지 어느덧 40년이 되었다. 제과점이 주부들의 로망이었던 시절에는 제과점이 멋져 보였다. 막상 시작해 보니 제과점처럼 힘든 사업이 없었다. 새벽부터 제일 먼저 문을 열고 저녁 늦은 시간 기분 좋게 술 한잔한 아버님들이 가족들에게 케이크나 여러 가지 빵을 선물로 사들고 들어가느라 들르는 곳이 제과점이다. 근무 시간이 15시간 이상이다.

후라이드 치킨집, 생맥주 전문점, 경양식집, 일식전문점, 참치회 전문점, 냉면 전문점, 오리고기 전문점, 한정식집 등 안 해본 업종이 거의 없다. 작게는 10평, 크게는 400평, 개업 6개월 만에 문 닫은 식당도 있고 20년 가까이 한 장소에서 한 가지 메뉴만 고집

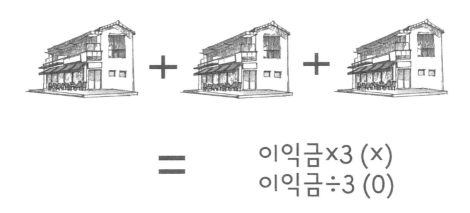

$$이익금 \times 3 \ (\times)$$
$$이익금 \div 3 \ (0)$$

하며 운영한 식당도 있다.

　돈도 많이 벌어봤고 까먹기도 뒤지지 않았다. 대한민국의 기라성 같은 외식 인들도 많이 만났고 지금도 교류하고 있다. 수많은 외식 인들을 만나 전설 같은 얘기도 많이 들어봤다. 상상이 되지 않을 정도로 많은 돈을 벌어본 무용담부터 이해되지 않는 실패담까지 나의 서른 번이 넘는 창업 경험과 다른 외식사업가들의 수많은 흥망성쇠 창업 무용담을 종합해 보면 공통점이 있다. 다점포 전략으로 화려하게 많은 식당을 오픈했던 경영패턴의 사장님과 오로지 초지일관 한 점포만을 열심히 경영한 사장님이 존재한다.

　과연 어떤 스타일의 경영자가 성공했고, 돈도 벌었을까?

언뜻 볼 때는 계속해서 점포 수를 늘리는 경영자가 화려하고 돈도 많이 벌었을 것 같지만 주위를 살펴보면 다점포 경영전략을 펼치는 경영자가 의외로 실패도 많은 것을 알 수 있다. 묵묵히 한 개의 점포, 기껏해야 두 개 정도의 같은 메뉴를 취급하는 경영자가 알차게 돈도 벌고 또 많은 자산을 축적했음을 알 수 있다. 물론 특수한 경우 다점포 전략이 프랜차이즈 사업으로 확대되어 성공한 경우도 있지만 이는 극히 소수이다.

"왜? 이런 결과가 나올까? 나올 수밖에 없을까?"

2호점의 함정이라고 나는 정의한다. 처음 외식업을 시작할 때는 얼마나 신중하고 많은 생각과 준비를 하는가? 혼과 열정, 모델로 삼을 식당을 찾아다니며 발품 팔기, 멘토에게 조언 구하기 등등. 이러한 철저한 준비과정을 통한 결정체가 첫 번째 창업이다. 이렇게 시작한 외식업은 영업이 잘된다. 돈도 벌린다.

"야! 이거 엄청 어려운 줄 알았는데 식당 창업! 별거 아니네."

"어디에 하나 더 오픈해도 잘 되겠네!"

"내가 이런 정도 식당 하나에 만족할 순 없지!"

2호점은 이렇게 탄생한다.

1호점의 성공에 고무되어 1호점 창업 시기의 철저한 준비 없이 쉽게 생각한다. 1호점 창업 시 발생한 외부 차입금도 100% 상환하지 않은 상태에서.

철저히 준비되지 않은 상태에서 2호점 창업은 나의 희망과 의지와는 다르게 성공하기가 쉽지 않다.

나의 경우는 100% 실패했다.

2호점 개업으로 집중력이 분산되고 관리가 부실해지기 쉽다. 이익이 점포 수 곱하기 2가 아니라 나누기 2가 될 확률이 훨씬 높다. 2호점 영향으로 1호점도 부실해질 확률이 높아진다. 1호점 영업이 순조롭게 잘 되고 이익이 발생하면 우선 부채를 줄이고 "다 갚을 때까지 전력을 다하라!" 그리고 그 후에는 "이익금을 통장에 쌓아라! 땅에 묻어둬라!" 그래도 2호점이 하고 싶으면 그때 해도 늦지 않다. 내가 하나 하고 와이프가 할 수 있으면 하나하고.

점포수 늘리기는 명함에 점포 한 줄 더 넣는 모양으로 하기에는 리스크가 너무 큰 난치병일 수 있다.

치료가 불가능할 수도 있는.

5

차별화하라
디테일이 차별화다

세계 제일 갑부인 프랑스의 LVHM아르노 회장이 최근 한국을 방문했다. 그를 만나기 위해 유수한 유통 그룹 회장들이 앞을 다퉜다. 아르노 회장! 그는 누구인가? 현재 순자산 기준으로 1,640억 달러 자산가인 테슬라 회장인 머스크를 밀어내고 1,708억 달러, 한화 약 222조 원으로 1위에 오른 인물이다.

참고로 LVMH는 프랑스에 본사를 둔 세계 최대의 명품 패션 브랜드 회사로 이름의 유래는 Louis Vuitton, Moet&Chandon, Hennessy의 약자를 합친 것이다.

백화점에 이 회사의 브랜드가 입점되어 있지 않으면 매출도 오르지 않고 최고 백화점으로 인정받지 못할 정도다. 매년 몇십 프로 씩 가격을 올려도 물건이 없어서 못 팔 지경이다.

가격 인상을 예고하면 그전에 물건을 사기 위해 오픈 런이 발생하는 건 흔한 일이고 며칠씩 백화점 앞에서 텐트 치고 밤을 새우는 일도 다반사다. 왜 이렇게 우리는 명품에 열광하는가?

그만한 가치가 있기 때문인가? 몇 년간 사용 후 팔아도 신품보다 가격을 더 받는 아이러니 때문일까? 명품의 가치는 무엇인가? 디테일이다. 장식하나 바느질 하나가 다르다. 오래되면 오래될수록 더욱 변하지 않는 빛이 나는 그 무엇이 있기 때문이다.

작은 차이가 모여, 명품을 만든다. 몇 년 전 방영되었던 TV드라마에서 고ㅇㅇ 배우가 타이틀 배우보다 더 주목을 받았던 적이 있다. 카리스마 강한 연기력 때문이었다.

감독이 오케이 하는데도 똑같은 연기를 계속 반복했다. 이유를 물어본즉 "본인이 본인의 연기에 만족할 수 없었다. 내가 내 연기에 만족할 때까지 하고 싶었다."고 말했다. 내가 내 연기에 만족하지 못하는데 시청자는 만족하겠는가?

자타가 인정하는 한국 최고의 배우도 이렇게 노력한다. 남과 다르게 비교되지 않을 정도의 명품 연기가 나오도록. 명품은 이렇게 완성된다. 아주 작은 것도 놓치지 않으려는 디테일에서.

식당을 경영하는데 필수 3요소!

목(장소) 맛, 서비스, 청결, 거기에 가치, 또 가성비까지 남보다 앞서는가? 이건 기본이다. 맛은 물론 장소, 뷰, 가격 등에서도 나는 다른 식당보다 우위에 있는가? 고객은 작은 디테일에서 감동한다. 예를 들어 후식으로 내는 과일 한 점에서도 감동한다. 칼집을 내어서 먹기 편하게 한 것에 더해 칼집 밑에 나무 베개를 받쳐주면 얼마나 떼어먹기 편하겠는가?

전화응대 한마디, 방문 감사 메시지 전송, 주차장 서비스 인사 등등 찾아보면 수없이 많은 차별화 전략이 있을 수 있다.

고객은 작은 것에 감동한다.

디테일의 차이가 명품을 만든다.

6

좋은 프랜차이즈를
골라라

무턱대고 프랜차이즈 창업을 기피하거나 직접 주방장을 고용하여 하고 싶은 메뉴를 경영하는 방법보다 평가 절하 하는 경향이 있다. 처음 식당을 창업하는 사람이 절대로 해서는 안 되는 선입견이요. 옳은 방법이 아니다.

창업의 목적은 어떻게 해서든지 실패하지 않고 성공하는 것이다. 이것 이상의 중요한 가치는 있을 수 없다. 자점 요리를 해서 잘 되는 것이 프랜차이즈 영업으로서의 성공보다 더 나은 것도 좋은 것도 없다. 남들이 더 인정해 주는 것도 없다. 그저 성공과 실패만이 있을 뿐이다.

그럼 어떻게 좋은 프랜차이즈를 고를 것인가? 신문, TV 등과 여러 SNS를 통해 홍보하는 회사의 프랜차이즈를 고를 것인가?

필자는 90년대 초에 놀부보쌈으로 한창 이름을 날리는 "㈜놀부"라는 프랜차이즈를 만났다.

본격적으로 외식업을 처음 시작하는 입장에서 행운이었다고 생각한다. 그럼 좋은 프랜차이즈를 고르기 위해서 검토해야 할 포인트는 무엇인가?

첫째, 프랜차이즈 회사는 마구잡이로 가맹점을 늘리지 않아야 한다.

프랜차이즈 영업의 성공은 가맹점을 많이 개설해야 하는데도 역설적으로 가맹점을 쉽게 내주지 않아야 한다. 가맹점주의 성향부터 잘 될만한 지역인가? 인근 가맹점과의 거리 상권의 중복 여부 등도 꼼꼼히 따지고 검토하여야 한다.

둘째, 본사의 직영점이 반드시 있어야 한다.

직영점 없이 책상에 전화기만 여러 대 놓고 직원들이 가맹점 개설에만 열을 올리는 프랜차이즈는 무조건 피해야 한다. 문제점을 계속 개선하고 가맹점 교육 장소로 반드시 직영 점포가 있어야 한다.

셋째, 가맹점 사장님들의 본사에 대한 평가가 중요하다.

불만이 무엇인지? 컴플레인은 바로 시정이 되는지? 본사 식자재 배송은 제대로 이뤄지는지? 전체에서 차지하는 본사의 식자재 비중은 어느 정도인지? 이익은 얼마나 남는지? 열심히 장사해서 본사만 배 불리고 가맹점은 코 골고 있는지? 가맹점의 폐점률은 얼마나 되는가?

넷째, 센트럴 키친(Central Kitchen)이 반드시 있어야 한다.

센트럴 키친은 조리를 끝냈거나 반조리를 끝낸 식품 재료를 계열 점포, 가맹점에 공급하기 위한 조리시설이다.

다섯째, 공정거래 위원회 등의 지적 유무, 시정 여부, 빈도 등 프랜차이즈 가맹법 준수 여부 등을 잘 지키고 있는지 점검하고 확인해야 할 사항이 많다. 요즘에도 매스컴에 물의를 일으켜 재판받고 소송 중인 프랜차이즈도 있고 창업주가 사재를 털어 회사에 자본금을 더 늘리는 오너도 있다. 하고 싶고 관심이 있는 프랜차이즈가 있다면 발품을 팔아 가맹점을 방문하여 가맹점주 등을 만나 대화를 나눠보면 알 수 있다. 이 프랜차이즈의 실상을! 그리고 결정해도 늦지 않다.

7

테이블 수 늘리지 마라,
오히려 줄여라

야! 정말 근사하다. 멋있다.

우리는 가끔 외부에서 바라보는 전경이 멋진 식당, 카페 등을 볼 수 있다. 한번 들어가 볼까? 싶은 충동과 욕구가 생긴다.

밖에서 보는 게 이 정도인데 내부는 얼마나 멋있을지 보고 싶어진다. 조심스럽게 문을 열고 들어가 보는 순간 정말 깜짝 놀라기도 하고 그저 그렇기도 하고 실망하기도 한다. 기대했던 대로 멋진 내부 모습에 놀라기도 하면서 나도 모르게 감탄사가 나온다.

"야! 정말 멋지다. 어머나! 저 뷰 좀 봐!" 등등.

식당이나 카페나 처음 창업하는 사장일수록 테이블 숫자에 민

감하다. 아니 테이블이 많아야 돈을 많이 벌 수 있다고 생각하기 쉽다. 손님이 많이 들어왔을 때 테이블이 많아야 손님을 많이 받을 수 있으니까. 맞는 말이다. 그러나 한정된 공간에서 테이블을 많이 놓기 위해서 홀에 많은 비중을 두면 통로와 주방 쪽 공간이 좁아진다. 여유 공간이 없어 답답해진다.

"응! 괜찮네."

"아니! 이게 뭐야. 별로네. 인테리어가 왜 이렇지?"

"갑갑해! 별로 앉고 싶은 자리도 없고."

일상에서 흔히 경험하는 일이다. 인테리어에 돈을 많이 들이고 아니고의 차이일 수도 있지만 가장 큰 원인은 공간을 어떤 비율로 나누고 동선을 어떻게 배치해서 여유 공간을 얼마나 할애했는가 이다.

왜 이렇게 테이블을 많이 배치했을까? **빽빽**하게 여유 공간도 없이. 저쪽 창가 쪽에는 왜 저렇게 돼 있지? 왠지 맘에 안 들고.

메뉴에 따라 다르겠지만 보통의 식당과 카페 같은 외식업의 주방과 홀과의 이상적인 면적 비율은 몇 대 몇일까? 공식은 없다. 그러나 원칙은 있다. 왜 그럴까?

편하다. 불편하다를 바로 느낄 수 있다. 통로와 동선은 중요하다. 넉넉해야 한다. 그럼 어떻게 해야 하나?

개업 초기에는 무조건 테이블 숫자를 줄여라. 더 놓을 수 있는 공간이 있어도 말이다. 손님이 늘어나는 속도에 따라 여유 공간을 활용하면 된다.

앉지 못하는 손님은 줄을 세워라. 남들이 보고 맛집으로 인식한다. 기다리는 손님은 기다린다. 조바심 내지 말라! 테이블 숫자를 줄여라!

8

파(破) Pattern 하라
해오던 대로 하면 망한다

세상이 변했다. 상상할 수 없었던 일이 벌어지고 있다.

결혼은 선택. 1인 가구 증가. 인구 감소. 출산율 저하.

큰 틀에서 세상이 변했다. 변해도 아주 많이 변했다. 국가적인 위기 대책이 필요하다. 인구는 점점 감소하고 있고 1인 가구가 꾸준히 늘고 있다. 더불어 생활 패턴의 변화와 소비 패턴도 변화하고 있다.

최근 통계를 보면 CU, GS25, 세븐일레븐, 이마트24 같은 편의점의 전체 매출이 이마트, 홈플러스, 롯데마트와 같은 대형 할인점의 매출을 능가했다. 거기에 쿠팡, 요기요 등의 등장은 유통업의 판도를 바꿔 놓았다. 거기에 해외직구까지.

이제 직접 백화점이나, 시장, 로드샵 등에서 필요한 물건을 구입하는 사람보다 인터넷이나 SNS 등을 이용하는 사람들이 더 많은 세상이 되었다.

식품은 어떤가? 코로나 팬데믹을 겪으면서 밀키트 HMR(가정간편식) 홈쇼핑 등을 이용하여 필요한 식품을 구입하여 끼니를 해결하는 사람이 폭발적으로 증가하였으며 배달의 민족, 요기요, 쿠팡이츠 등을 이용해 먹고 싶은 메뉴를 집이나 직장에서 편하게 전화한 통화로 해결하는 세상이 되었다.

급변하는 소비패턴에 발맞추어 외식업은 어떻게 변화되어야 할까? 이제까지 해오던 대로의 관행을 깨부수는 파(破) Pattern을 하지 않으면 살아남을 수 없다.

가까운 사례를 하나 들어보자!

필자가 살고 있는 곳도 현재 대한민국이 카페 천국인 것과 마찬가지로 시내는 물론 인근 외곽지역이라도 조금만 경치가(view) 있고 자동차로 20~30분 이내에 갈 수 있는 장소에는 수백 개의 카페가 영업을 하고 있다.

기존의 잘되는 카페가 있으면 후발주자는 기존 업소보다 무언가는 우위에 있어야 경쟁이 된다. 규모로 압도하든지 커피 맛이 특별하든지 없는 메뉴를 새로 하든지 뷰(view)가 압도적으로 좋든지 등등. 그 무엇도 우위에 서지 못하는 후발주자는 별 볼 일 없는 업소로 전락하는 사례를 자주 보게 된다.

요즘은 대부분의 카페에서 빵을 취급한다. 직접 공장을 차려 기술자를 고용하여 빵을 생산하기도 하지만 웬만한 규모의 카페가 아니면 시도하기 쉽지 않다. 인건비며 시설투자가 꽤 많이 들기 때문이다.

이렇게 대형 빵 공장을 겸한 카페가 등장하면 그 근처에 있는 기존 카페들은 엄청난 타격을 입게 마련이다. 그 기간이 얼마나 지속되고 타격의 강도가 어느 정도인지에 따라 존폐의 기로에 놓이기도 한다.

○○절로 가는 드라이브 코스, 산길을 따라 20분 정도 가는 코스에 기존 카페가 잘되고 있었다. 바로 앞에 규모가 2배는 큰 빵 제조 카페가 생겼다. 예상대로 주변의 기존 카페들이 그 후발 빵 카페로 흡수되는 게 보일 정도로 타격이 컸다.

바로 앞의 카페가 발 빠르게 차별화 전략을 펼쳤다. 빵으로는 안 되니까 '피자'를 대항마로 내세웠다. 고객이 사람 수대로 음료를 주문하면 평일에는 피자를 50% 할인해 주는 이벤트를 실행했다. 반응은 예상외로 컸다. 빵 대신 피자가 젊은 층의 식사대용으로 호평을 받았다.

빵 카페의 오픈효과가 시드는 약 2년 정도가 지난 요즘은 거의 같은 수준으로 돌아간 것 같다. 맛이 수준 높은 피자도 아니지만 상대가 취급하지 않는 고객의 수요가 많은 피자를 대항마로 발 빠르게 내세운 게 주효했다고 할까.

방법은 여러 가지가 있을 수 있다.

지금, 기존 해오던 외식업은 고객의 니즈에 발 빠르게 변화할 수 있는 준비가 필요하다. 내 나름의 경쟁력 있는 핵심 역량은 유지하되 나만의 차별화를 꾀할 수 있는 준비가 필요하다.

전통과 역사를 때에 따라서 과감하게 바꿀 수 있어야 경쟁에서 살아남을 수 있다.

9

오너 셰프 만이 살아남는다
only 1 이 돼라

요즘에는 이런 곳에 식당을 차려도 장사가 되나? 할 정도로 차도 다닐 수 없는 골목에도 줄 서는 식당을 자주 볼 수 있다. 간판이 아예 없는 곳도 있고 이탈리아어나 프랑스어, 일본어 등으로 자세히 보지 않으면 눈에 띄지 않을 정도로 아주 작은 글씨로 일부러 숨겨 놓은듯하게 말이다.

이런 식당의 공통된 특징은 영업시간이 짧고 쉬는 날이 많다. 셰프가 젊고 오너인 경우가 대부분이다.

프랑스 ㅇㅇ제과 학교 이수, 이태리 PIZZA 과정, ㅇㅇ학원 수료 등 요리나 제과, 제빵의 수료증이나 자격증을 잘 보이는 곳에 걸어 놓기도 한다. 일본 동경 ㅇㅇ스시 전문학교 교육과정 수료, 유명 ㅇ

ㅇ스시 요릿집에서 몇 년 근무 등의 이력도 눈에 띈다.

이렇게 해당 요리나 메뉴의 본토에서 일하며 연수받고 그 나라에서 직접 공수한 식자재를 사용하는 곳이 성업 중이고 소비자에게 인정받는다. 오너 셰프나 당사자가 어느 정도 수준의 요리나 해당 메뉴를 맛있게 제대로 만드는지 정확히 평가하기는 어렵다.

한국에서도 미쉐린 가이드의 평가에서 최고등급인 ★★★를 놓치지 않고 수년째 이어가는 식당이 몇 곳이 있다. ㅇㅇ호텔 ㅇㅇ, 도자기와 주류로 유명한 회사에서 운영중인 ㅇㅇ등이 대표적이다.

개인이 경영하는 식당에서는 이루어내기 힘든 일이다. 세계적인 유명 셰프를 계속 고용할 수 있는 자금력과 경영주의 의지와 철학이 없으면 꿈도 꿀 수 없는 일이다.

TV 먹방 프로에 출연하는 유명 셰프들도 대부분 오너 셰프다.

한국의 유명 증권회사 회장님 중에도 과거에는 ㅇㅇ증권회사에서 근무하며 실력을 쌓고 실적을 인정받았던 샐러리맨이었지만 독립하며 회사를 세운 입지전적인 인물들이 많다.

내가 꼭 하고 싶고 성공하고 싶은 메뉴가 있으면 그 메뉴를 가장 잘하는 곳을 찾아가라! 그곳이 국내든 외국이든. 그리고 투자해라. 수업료를 내고 배우든 월급 안 받고 몸으로 때우든.

반도체 기술을 배우고 전기 자동차 배터리 기술을 배우는 데는 개인으로서는 불가능한 일이지만, 당신이 배우고 싶은 외식업의 메뉴는 집념과 의지가 있고 열정이 있으면 얼마든지 할 수 있다.

우리나라에서 가장 오래된 식당은 이문 설렁탕이다. 120년의 역사다. 유럽, 일본에는 200년 300년 된 식당도 여럿 있다. 대학 교수를 하다가도 대를 이어 식당을 하기 위해 퇴직하기도 한다. 자랑스럽고 자연스럽게.

세계에서 제일 맛있는 요리를 할 수는 없지만 이 세상에 하나뿐인 나만의 솜씨로 만든 요리는 내가 마음먹기에 따라 얼마든지 가능하다. 솜씨 좋은 요리사를 주방장을 고용해서 식당을 경영하더라도 내가 해당 요리는 할 수 있어야 성공할 수 있다.

피자로 성공하고 싶은가? 이태리로 떠나라. 대학로의 이원승 사장님 처럼! 빵으로 승부하고 싶은가? 프랑스로 가라. 스시로 돈을 벌고 싶으면 최소한 2년 이상을 계획하고 일본 도쿄나 오사카로 가서 부딪치고 방법을 찾아라. 최고는 아니지만 나만의 손맛으로 맛있는 초밥을 만들고 장국을 끓이고, 덴뿌라를 튀길 수 있을 때 까지.

행복한 날, 더욱 행복하게
해 드리겠습니다

I

경영자의 마인드가
성공과 실패를 가른다
이런 사람, 식당 하지 마라

진입장벽이 낮고 누구나, 어느 때나 특별한 기술이나 자격이 없어도 할 수 있는 게 식당 창업이다. 참 쉽다. 그래서 망하기도 참 쉽다. 그런데 망했을 때 후유증과 고통은 참 크다.

첫째, 금전적인 손실이 너무 크다.

식당 창업은 장치 산업이다. 공장을 짓는 것과 같다고 보면 된다. 땅을 사서 집을 지어서도 할 수 있고 상가를 빌려서 할 수도 있다. 외부 내부를 고객이 들어가고 싶은 마음이 들게 멋지게 꾸며야 한다. 아웃테리어, 인테리어 비용이다.

주방설비, 기계 등을 설치해야 한다. 그릇, 의자, 탁자 등 집기와

비품도 사야 한다. 간판도 눈에 띄게 멋지게 만들어야 한다. 또 고객에게 알리기 위해 홍보비가 들어간다.

직원들을 미리 뽑아 최소 몇 달 동안 훈련을 시켜야 한다. 교육도 받아야 한다. 그래야 오픈 초기에 고객이 일시에 몰려와도 척척 음식을 제공할 수 있지 않겠는가? 야심 차게 준비하여 어렵게 오픈을 했다고 모든 식당이 다 잘되는가? 아니다! 착각하지 마시라!

처음 오픈 시에는 소위 오픈 효과로 반짝 고객이 많을 수 있다. 오픈 기념 축하 화분이 시들 때 즉, 오픈 후 2개월 이후부터가 그 식당의 진짜 매출이다.

생각보다 기대보다 장사가 안돼서 돈이 남는 게 없네, 아니 적자가 나네, 이게 계속된다면 어쩌지? 특히 수치에 밝아 계속 원가 계산을 해보는 사장님, 왜 이렇게 안 남냐? 점점 손이 오그라들면 손님은 더 줄어들 수밖에 없다.

내가 이래 봬도 전직 대기업 임원이었는데.

체면이 있지. 규모는 최소 이 정도는 되어야지.

대형식당을 차리는 사장님, 투자비가 어마어마!

나는 예비역 대령 출신인데.

전관이 부이사관 출신인데.

이런 사장님들은 우선 목이 뻣뻣하다. 인사를 받는 데에 익숙하여 손님에게 고개가 잘 안 숙여진다. 이럴 때 더욱 문제가 된다.

자! 이제 어떻게 할 것인가? 계속 버티자니 영업은 적자에 직원들 월급날은 왜 이렇게 빨리 돌아오나? 직원들 숫자나 줄이자! 음식의 질, 서비스의 질은 점점 나빠진다. 매출은 비례해서 줄 수밖에 없다.

출구 전략을 세우지 않을 수 없다. 집기, 비품을 누가 제값을 쳐 주는가? 들어간 창업 비용의 대부분을 손해 보는 엄청난 후폭풍. 이거 감당이 되겠는가? 창업 비용이 전부 여유 통장에서 나갔다면 다행이지만 대출받고 주위에서 꾸어온 자금이라면 사태는 심각하다.

그래서 더욱 힘주어 다시 한번 외친다! 잘 나가던 직업, 직장에 근무하셨던 분들은 다시 한번 심사숙고해서 창업해야 한다! 처음 창업은 크게 하면 안 된다. 실패 시 대미지가 너무나 크기 때문이다.

2

식당 창업 그냥 하지 마라
나랑 맞는가?

"은퇴하면 뭐 하실 건가요?"

"정년이 이제 1년도 안 남았는데 하실 일은 결정하셨어요?"

"아! 아직요. 걱정이네요. 뭘 하긴 해야 할 텐데."

"식당이나 카페를 해볼까 하는데 결정된 것은 아니고요."

은퇴예정자, 청년창업 예정자가 가장 많이 뛰어드는 업종이 식당이나 카페 같은 외식업이다.

외식업이 왜 이리 만만한가?

누구나, 아무 때나, 할 수 있기 때문인가?

고상한 말로 진입장벽이 낮아서?

특별한 기술이나 자격이 없어도 할 수 있어서?

모두 맞는 말이다! 그래서 망하기 쉬운 거다. 아무 준비 없이 대충 창업해도 대충 밥은 먹겠지. 설마 망하기야 하겠어. 다들 잘하고 있잖아. 천만의 말씀이다.

얼마 전 수도권 신도시 전철역 앞의 외식업 밀집 지역을 전수조사 한 결과가 나왔다. 설문조사 내용은 같은 장소에서 같은 메뉴로 5년 이상 영업한 외식업체는 얼마나 되는가? 충격적인 조사 결과가 나왔다. 한 군데도 없다.

코로나 팬데믹의 영향으로 전국의 외식 업소 숫자는 많이 줄었지만 대략 60~70만 곳으로 조사되고 있다. 정식으로 허가받은 업소만 그렇다. 이 중에서 매년 절반 이상의 외식업소의 주인이 바뀌고 있다. 장사가 안되어 계속 폐업하고 재창업이 반복되는 것이다. 그 나머지 외식업소 중 절반 정도의 업소가 폐업을 고려 중이거나 기회가 되면 사업을 접을 생각을 하고 있다는 기사다.

실제로 수입을 내고, 성업 중인 외식업소는 전체 중에서 5%도 채 안 되는 현실이다. 이러한 현실을 제대로 알고 외식업이나 카페 한번 해볼까라고 생각하는 걸까? 근로기준법에는 최저 주 52시간이 기본이다. 식당 사장은 최소한 주 100시간 이상을 일해야 한다. 오전 9시부터 준비해서 저녁 9시에 끝난다고 가정할 때 사장님은 이보다 더 일찍 식자를 구입하고 영업 종료 후 잔업과 기타 업무까지 다 끝내야 한다. 하루 14~15시간은 일해야 하는 것이다.

직원들 빈자리 채워야지. 24시간 중 어느 한 시간 편안히 쉴 시간이 없다. 거기에 주말, 연휴, 휴가철에는 더 바쁘다. 남들 가족여행 가는데 나는 꼼짝 못 하고 이게 뭔가? 이런 직업의 특성상 고객들이 쉴 때 식당은 더 바쁘다. 토요일, 일요일에는 더 바쁘다. 난 그래도 외식업이 좋아 적성에 맞아! 이런 사람은 외식업을 해도 된다. 단 조건이 있다. 창업 전 식당은 조리사 자격증 취득, 카페, 커피숍은 바리스타 자격증을 필히 취득하고 업소에서 실무 경험을 최소한 1~2년을 해봐라!

"야! 정말 내 적성에 딱 맞고 이 일을 하는 게 행복하다!"

그럼 해라! 하셔도 좋습니다!

3

처음 식당 창업은
무조건 작게 하라

식당창업은 장치산업이다. 초기에 많은 투자비가 들어간다. 실패했을 때 회수할 수 있는 돈이 거의 없다. 그만큼 신중하게 접근해야 한다.

많은 사람이 식당 창업에 도전한다.

직장생활을 마치고 식당을 근사하게 시설하고 폼 나는 메뉴를 선택하여 남 보란 듯이 인생 후반전을 시작하려는 사람들도 많다. 내가 그래도 전직이 ○○ 였고 밑에 직원이 몇 명, 부하가 ○○○이 었는데 개업할 때 초대한 사람들 눈도 있고.

몇백 명에게 개업 초청장 돌리고 세 과시하듯 식당 앞도 모자라 주위를 빙 둘러 2중 3중으로 축하 화환이 많은 식당 개업 집을 보면 부러운가?

"야! 이 집 사장님 대단하구나!"

인맥이 대단하군! ○○회장, ○○대표, ○○의원, ○○건설 등의 화려한 명패 리본이 많은 집을 볼 때면 걱정이 앞선다. 개업하는 날 초청장 보내지 말라고 이미 지적했고 경험 없이 처음 시작하는 식당을 규모를 크게 남 보기에 폼 나게 시설할수록 그 비용에 비례하여 리스크는 커진다고 보면 된다.

내가 직접 할 수 없고 주방, 홀, 등 모든 직원 들을 규모에 맞게 채용하여 식당을 꾸몄을 때 거기에 맞게 매출이 받쳐줘야 함은 당연하다.

누구나 성공할 것을 기대하고 또 준비도 거기에 맞게 할 것이다. 그러나 세상일이 꼭 그렇게 내 맘대로만 되는가?

식당의 성공 확률이 5%가 되지 않는다. 아무리 철저하게 준비를 한다고 해도 실수할 수 있고 시행착오를 겪는 게 어찌 보면 당연하다고 할 수 있다. 그랬을 때 비용을 최소화할 수 있다면 얼마나 좋겠는가?

반드시 100% 그렇지는 않겠지만 확률로 봤을 때 실패할 확률이 높다.

일종의 수험료라 생각한다면 굳이 비싼 수험료를 낼 필요는 없지 않은가? 아무리 내가 잘할 수 있고 높은 지위의 체면 때문이라

도 처음 식당 창업은 작게 사작하라! 성공하면 그것을 경험으로
다음에 규모 있게 잘할 수 있고 실패했을 때 짐을 줄일 수 있다.

4

식당의 가장 큰 경쟁자는
누구인가?

과거에는 상상하지 못했던 일 들이 일어나고 있다. 코로나 팬더믹을 겪으면서 우리 생활 패턴의 변화는 더욱 그렇다.

10여 년 전에 일본에 가보면 편의점이 참 많구나! 아마 많은 사람이 느꼈을 것이다. 참 편리하구나! 정말 없는 게 없구나! 그런데 정작 몇 년 후면 한국도 이렇게 변하겠구나! 를 생각한 사람은 그렇게 많지 않았을 것이다,

지금 한국이 그대로 일본을 닮았다. 2022년 9월 통계로 전국 편의점 개수는 5만 1,300개, 일 년에 3,000~4,000개 정도 늘어난다고 하면 2023년 6월 현재는 약 5만 4,000개 정도 되지 않을까? 편의점 전국 전체 매출액이 이마트, 홈플러스, 롯데마트 등 대

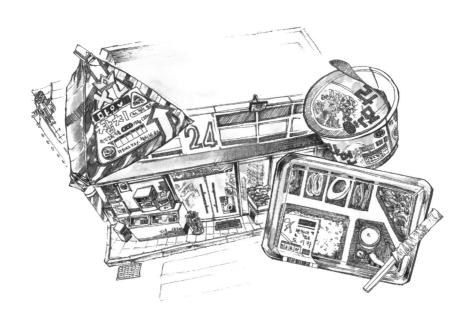

형 할인점 매출 총액을 넘어섰다는 뉴스도 최근 나왔다. 그만큼 편의점은 우리 생활에 편리하고 밀접한 없어서는 안 될 존재가 되었다.

편의점에서 자동차도 살 수 있는 세상이 되었다.

최근 두드러진 뉴스는 편의점에서 간단하게 끼니를 해결하는 사람이 늘어나는 것이다. 물가 상승으로 외식 물가가 부담스러워 졌고, 가까운 편의점에 가면 한 끼 식사로 훌륭한 도시락, HMR, 밀키트 등이 종류별로 가득하다.

유명 연예인을 모델로 등장시키고 고기를 포함한 10가지 정도의 반찬을 담은 도시락이 5,000원도 안 되는 저렴한 가격에 판매되고 있다. 일반 식당에서는 상상도 못 할 일이다. 뜨거운 물 받아서 컵라면이나 먹던 편의점이 아니다. 당연히 식당의 경쟁자로서 대체재로서 자리매김하고 있다.

향후 이런 추세는 더욱 강해지고, 확장될 것이 확실하다.

식자재 가격의 폭등, 인건비 상승 등 모든 경영환경이 어려워진 외식업소, 식당에서는 가장 강력한 경쟁자를 만났다고 생각된다.

어떻게 차별화를 시켜 경쟁을 헤쳐 나가느냐?

향후 식당, 외식산업의 생존전략이 동종업계의 경쟁자를 상대하기보다 훨씬 어려워졌다고 생각된다. 맛은 기본이고 대량 생산에 따른 가격 경쟁력이 비교할 수 없기 때문이다.

일본에는 '사이제리아'라고 하는 이태리 메뉴 프랜차이즈가 있다. 편의점보다 더 저렴한 가격에 파스타, 샐러드 종류는 300~400엔 정도, 햄버거스테이크, 치킨스테이크 세트가 500엔 정도, 200g 정도의 비프스테이크가 1,000엔 정도. 어떻게 하면 '사이제리아' 정도의 가성비가 있는 메뉴를 개발하여 대량 생산할 수 있을까가 답이다. 하기야 일본에는 돈 많은 사람들을 상대로 한 끼에 몇백만 원 하는 고급 식당도 있기는 하지만 학생과 주머니 사정이 좋지 않은 샐러리맨을 주 타깃으로 하는 저렴하면서 품질은 좋은 그런 식당이 정답이다.

5

스토리텔링을
만들어라

인제 – 황탯국

횡성 – 한우

강원도평창 봉평 – 메밀 (이효석의 메밀꽃필 무렵)

춘천 – 닭갈비, 막국수

안동 – 찜닭

부산 – 돼지국밥

언양 – 불고기

벌교 – 꼬막

영덕 – 대게

전주 – 비빔밥

고창 – 풍천장어

남원 – 추어탕

목포 – 세발낙지

담양 – 떡갈비

영광 – 굴비

광양 – 불고기

여수 – 갓김치

제주 – 흑돼지구이 등

우리나라에는 각 지역마다 식자재 특산물이 있고 그곳 식자재를 이용하여 만든 음식, 요리가 너무나 유명하다. 얘기만 들어도 침이 꿀꺽 넘어간다. 그곳에 여행을 간다든지 방문할 기회가 있을 때에는 꼭 그곳 특산물인 음식을 먹어보고 와야 여행을 제대로 한 것으로 인정한다. 그것이 여행의 본질이니까.

어떻게 생각해 보면 식당 창업 시 실패를 줄이려면 그 지역에 가서 그곳의 특산물을 재료로 한 식당을 창업하는 것이 가장 확실한 방법이 될 수 도 있다. 예를 들면 고창 선운사 입구에 땅을 구입하여 풍천장어 구이집을 오픈하는 것이다.

타 지역에서 유명산지의 특별한 요리를 취급할 때 가장 효율적인 방법은 무엇일까?

예를 들어 대전에서 한우집을 할 경우를 생각해 보자!

그냥 품질 좋은 A++한우, 특수부위, 육즙이 좔좔, 식감이 부드럽다고 선전한다면 고객의 입장에서 볼 때 특별히 와닿는 메시지가 부족하지 않은가?

이럴 경우 이렇게 홍보한다면 어떨까?

강원도 횡성한우 A++, 특수부위 매일 횡성에서 직접 구매합니다! 청도 미나리와 함께 싸 드셔 보십시오. 확실히 맛이 다릅니다.

고기를 드신 다음 후식은 춘천 막국수로 개운하게 마무리하십시오!

식사 후에는 대청호가 보이는 뷰 좋은 3층 카페에서 이태리에서 직수입한 최고급 원두를 직접 로스팅한 지모카 커피 한잔 마시면서 담소 나누세요.

메뉴뿐 아니라 시설, 비품, 화단의 꽃, 나무 한 그루에서도 우리집을 홍보하고 자랑할 수 있는 얘깃거리는 얼마든지 찾을 수 있다. 우리 집만의 나만의 얘깃거리, 자랑거리, 스토리텔링을 만들어라!

스토리텔링이란 상대방에게 알리고자 하는 바를 재미있고 생생한 이야기로 설득력 있게 전달하는 행위이다.

6

직원이 행복해야 성공한다
직원은 가족 그 이상이다

家和萬事成(가화만사성).

집안이 화목하면 모든 일이 잘 된다는 말.

明心寶鑑(명심보감)의 치가(治家)편에 나오는 구절이다.

자식이 효도하면 어버이가 즐겁고 집안이 화목하면 만사가 이루어지느라.

子孝雙親樂(자효쌍친락) 家和萬事成(가화만사성)

집안이 편안하려면 여러 가지 요인이 있겠지만 가장 중요한 것은 가족 구성원 간의 사랑과 이해심, 나보다 다른 사람을 먼저 생각하는 배려심, 가족의 건강, 적당한 수입 등 다양한 요인이 충족

5장 행복한 날, 더욱 행복하게 해 드리겠습니다

189

되었을 때 이루어질 수 있다. 가장 중요한 요소는 화목할 화(和)라 할 수 있다.

식당이 성공하기 위해서는 무엇이 중요할까? 기본적으로 맛, 위치(目), 서비스, 청결, 가성비, 주차의 편리성, 경치(眺) 등 여러 가지 기본 요인이 필요하다.

역설적으로 식당 직원, 구성원 간의 팀워크, 점포의 분위기 등은 기본요소에 빠져 있지만 다양한 메뉴를 오랫동안 경영해 본 바로는 기본 요소 못지않게 중요한 것이 그 식당만이 가지고 있는 분위기가 빠질 수 없다, 잘되는 식당의 특징에서도 강요했듯이 장기 근속직원이 많은 식당이 분위기 좋은 식당이라 할 수 있겠다.

대부분의 식당이 아침 9시 출근, 저녁 9시 퇴근, 중간에 2시간여의 휴식 시간, 이렇게 하루 일과가 짜여있다. 아침에 일어나서 가족들 아침밥 챙겨주고 등교하는 것 도와주고 아침 9시 식당 출근하여 저녁 9시 퇴근하면 2시간 정도 집안일 마무리하고 씻고 취침한다고 가정하면 하루 일과 중에서 가정에서 4시간, 직장에서 거의 12시간을 지내게 된다. 가정에서 보내는 시간의 2배 이상을 식당에서 보내게 되는 것이다.

이처럼 장시간 함께 보내는 동료가 마음이 통하지 않고 불편하며 분위기가 좋지 않다면 같이 근무할 수가 없다. 식당 사장님이 부모라고 하고, 같이 근무하는 직원들이 형제, 자매라고 한다면 식당도 가정과 같이 가화만사성(家和萬事成)이 안 되면 행복할 수 없고 장기근무자가 나올 수 없다. 다시 말하면 번성하는 식당이 될 수 없다.

국민 소득이 높아질수록 개개인의 프라이버시, 개성, 직장에 대한 기대치, 수준이 높아질 수밖에 없다. 직원이 자주 바뀌고 장기 근속자가 없는 식당이 잘 되는 것을 보았는가? 식당경영에서 중요하면서도 어려운 직원 관리, 점포 분위기 관리는 처음 시작하는 경영자는 미쳐 신경 쓸 수 없는 누구도 가르쳐주니 않는 숙제 중의 숙제라고 할 수 있겠다.

어서 날이 밝아 출근하고 싶고 직원들과 즐겁게 일하고 일과를 마치는 게 아쉬울 정도의 분위기 좋고 배려심이 넘치는 직원이 행복한 식당! 장사가 안 될 수가 없다.

고객도 행복한 직원이 만들고, 서비스해 주는 음식을 먹을 때 행복감을 느끼지 않겠는가! 경영자는 자주 개별 면담을 통하여 직원 개개인의 어려움, 요구 사항 등을 체크하여 개선점을 신속히 해결하여 직원 상호간에 불만이 쌓이지 않도록 항상 긴장하여야 할 것이다.

○○ 때문에 못 다니겠다! 가 아니고 ○○ 덕분에 출근할 맛 난다는 식당 경영! 어려운 일이다. 그러나 가장 중요한 일이다.

7

행복한 날 더욱 행복하게
해 드리겠습니다

2019년 기준 우리나라의 직업의 종류는 17,000여 개라는 통계가 있다. 2023년 현재는 20,000개는 되지 않을까?

1. 경영, 사무, 금융, 보험직
2. 연구 및 공학직
3. 교육, 법률, 사회복지, 경찰, 군인직
4. 보건, 의료직
5. 예술, 디자인, 방송, 스포츠직
6. 미용, 여행, 숙박, 음식, 경비, 청소직
7. 영업, 판매, 운전 운송직

8. 건설, 채굴직

9. 설치, 정비, 생산직

10. 농림, 어업직 등의 직업군이 있다.

우리가 세상을 살아가는 데 있어 모든 직업군이 다 필요하고 그 필요에 의해서 생겨난 것이다. 어느 것 하나 소중하지 않은 직업이 있으랴!

우리가 세상에 태어날 때부터 죽을 때까지 어떤 직업의 도움 없이 잠시도 살아갈 수 없다. 고귀한 직업도 천박한 직업도 있을 수 없다. 모든 직업이 고귀하다!

식당을 경영하면서 많은 것을 배우고 깨우친다. 그중에서 나이에 따른 잔치의 명칭을 알게 된 것 또한 큰 소득이다.

1. 태어나서 100일이 되면 100일 잔치

2. 태어나서 1년이 되면 첫 돌잔치

3. 중간중간의 생일은 말할 것도 없다.

4. 입학기념. 졸업기념 잔치

5. 약혼식, 결혼식 피로연 잔치

6. 결혼기념일

　　결혼기념일 25주년 은혼식

　　결혼기념일 50주년 금혼식

결혼기념일 60주년 회혼식, 금강혼식

7. 나이에 따른 기념일

60세 이순 (耳順), 육순(六旬)

61세 환갑 (還甲, 回甲)

62세 진갑(進甲)

66세 미수(美壽)

70세 고희, 칠순(古稀)

77세 희수(喜壽)

80세 산수, 팔순(傘壽)

88세 미수(米壽)

90세 졸수(卒壽)

99세 백수(白壽)

100세 상수(上壽)

참으로 다양하고 그 뜻 또한 오묘하다. 이 많은 기념일과 축일에 우리는 무엇을 하나? 온 가족과 지인, 그동안 보고 싶었던 사람들을 초청하여 같이 식사하고 정을 나누고 건강을 기원하며 축하한다. 이것이 우리가 살아가는 삶의 의미요 원동력이 아닌가?

이러한 날! 소중하고 행복한 날에 더욱 행복하고 서로의 의미를 깊게 해주는 데 꼭 필요한 일이 무엇인가? 건강하고 맛있고 행복을 나누는 음식이 아닌가? 이 얼마나 성스럽고 소중하고 중요한 일인가?

식당은 그냥 빈속을 채워주는 역할을 떠나 고객의 행복을 더 행복하게 해주는 너무나 소중하고 멋진 직업 아닌가!

8

사장이 있어야 할 자리
식당 사장의 자세

아주 오래전의 일이다. ○○맥주에서 독일 뮌헨의 옥토버페스트를 벤치마킹하여 생맥주 전문점 즉, ○○HOF를 전국적으로 유행시켰던 시절이었다.

서울 대학로에 위치한 유명한 HOF였다. 평일, 주말 할 것 없이 저녁 시간이면 항상 밀려드는 손님으로 바글바글 북적거릴 때였다. 들어갈 손님, 계산하는 손님으로 입구 카운터 주위는 항상 바쁘고 발 디딜 틈이 거의 없었다. 그런 분위기에 독특하게 눈에 띄는 모습 하나가 있었다. 계산대 카운터 옆에 편안한 소파 의자를 놓고 할아버지 한 분이 항상 앉아 계셨다.

'아니, 저분은 누구이며 도대체 왜 복잡한 카운터 옆에 앉아 계

실까?'

궁금하기도 하고 의아해서 직원에게 살짝 물어봤다.

"저기 앉아계시는 할아버지는 누구세요?"

"아! 할아버지요. 여기 사장님이세요."

그제야 나는 고개를 끄덕이며 상황을 이해했다. 계산대를 지키고 계시는구나! 지금이야 밥 값, 술값을 현금으로 내는 사람이 거의 없다. 그때만 해도 현금 내고 술 마시는 사람이 많았다.

'혹시나 모를 상황을 주시하고 방지하기 위해 저렇게 계산대 앞에 앉아 계시는구나!'

그래도 저건 좀 심하지 않나? 믿을만한 사람에게 카운터를 맡기면 어땠을까?

요즘은 모든 결제가 거의 카드로 이뤄지기에 카운터를 굳이 지키지 않아도 된다. 정 못 믿겠으면 CCTV를 통해서도 얼마든지 모니터링할 수 있다. 시스템으로 카운터를 맡기고 사장님은 다른 곳 직원들이 자주 가지 않는 곳, 가기 꺼리는 곳, 힘들어 하는 곳에 더욱 신경을 써야 한다.

예를 들면 화장실, 주방 설거지하는 곳, 주차장 등이다. 위생 상태 점검하고 그사이 더러워지지 않았는지 꼭 필요한 비품이 제 위치에 제대로 비치되어 있고 잘 작동되고 있는지? 오늘 주방 직원들은 전부 다 출근하였는지? 설거지하기 싫어 자기 할 일이 없는

데도 농땡이 부리고 도와주지 않는지 등 찾아가고 확인하고 살펴볼 일이 의외로 많다. 직원들 스스로는 제대로 컨트롤이 되지 않는 사각지대 말이다.

나는 가끔 주차장 관리원의 휴무일이라든지 갑작스럽게 결원이 생겼을 때 직접 주차장 관리를 할 때가 있다. 제대로 복장을 갖추고 안내봉을 들고 찾아오는 고객을 맞이한다. 얼마나 고마운 분들인가? 깍듯이 인사하고 "어서 오세요! 주차는 후방주차가 원칙(우선)입니다!" 하고 친절히 안내한다. 작은 경차에서 5명의 손님이 내릴 때가 제일 반갑다. 주차장이 항상 부족하기 때문이다.

식당 뒤편 옆길로 안내하면 죄송하기도 하고 큰 차에 한 명만 타고 오는 손님이 미울 때도 있다. 식사를 마치고 가시는 손님들께 "잘 드셨습니까? 감사합니다!"를 큰 소리로 인사하고 손님의 반응을 보면 정확히 우리 집의 식사 만족도를 알 수 있다. 이 얼마나 중요한 일인가? 우리 집에 오는 손님을 처음 맞이하고 마지막으로 배웅하는 이 주차장 안내 일이.

사장님이 있어야 할 자리는 정해져 있지 않다. 식당 구석구석 중요하지 않은 곳이 없다. 한곳에 머무르지 마라! 직원이 가기 싫어하는 곳, 꺼리는 곳, 힘들어하는 곳, 그곳이 사장이 있어야 할 자리다!

9

잘 되는 식당의
공통점

　자주 가는 콩나물국밥집이 있다. 주메뉴인 콩나물국밥의 가격은 8,000원이다. 7,000원에서 8,000원으로 올린 지 3~4개월 된 듯하다. 며칠 전 저녁 9시경에 간단하게 늦은 끼니를 해결하기 위해 그 식당에 갔다. 메뉴 특성상 24시간 영업하는지라 그 시간에도 식당 안은 손님들로 분주하다. 1인 식사 자리에 앉아 메뉴를 주문하려다 점장과 눈이 마주쳤다. 교육생 명찰을 붙인 사람, 이름을 붙인 직원 등 모든 직원이 오는 손님, 가는 손님에게 쉬지 않고 인사를 한다.

　"어세 오세요! 안녕히 가세요!"

　국밥을 먹는 중에도 인사하는 소리가 음악처럼 끊임이 없다. 기

분이 좋다. 이 저렴한 식당에서 직원 교육을 어쩜 저렇게 잘 시켰을까?

식당을 경영하는 사람인지라 더욱 관심이 가고 감탄이 절로 나온다. 계산하며 점장에게 "직원 교육이 참 잘되었네요."라고 칭찬을 했다.

잘되는 식당은 무엇이 다를까? 고객에게 인사를 잘한다. 기본 중의 기본이지만 가장 중요하다. 오는 손님을 기억하고 반겨줘라. 나를 알아주는데 어떻게 그 식당에 안 가겠는가? 거기에 작은 서비스라도 하다못해 물이라도 따라줘라.

날씨 얘기 옷차림 얘기라도 해줘라. "갑자기 날씨가 더워졌네요." "옷이 시원해 보여요." 등. 의례적인 "어서 오세요." 인사보다 더 친근감 있는 인사로.

장기근속 직원이 많다. 장기근속자가 많다는 건 장기 단골손님이 많다는 의미다. 직원마다 자기 단골이 있으니까. 요즘처럼 외국인 근로자가 많은 시대엔 장기 근속자의 유무는 번성 식당의 중요한 요인이다. 그만큼 점포 관리가 잘 되고 있다는 방증이다. 경영주와 직원과의 소통과 대우가 원활하다는 의미이다.

다음은 잘 되는 식당의 공통점이다.

입구부터 활기차다. 살아있다. 생기가 있다.

간판부터 화분 하나까지, 기가 살아있다.

계절별로 반겨주는 시들지 않고 싱싱한 꽃이 반드시 있다.

통일된 유니폼을 입은 직원이 입구부터 반겨주고 안내해 준다.

화장실은 깨끗하게 청소되어 있고 청결한 냄새가 있다.

음식은 원래의 맛을 유지하면서 맛있다.

직원들의 서비스는 친절하고 격조가 있다.

에필로그

최근 외식업계 뉴스 중 하나가 약 2개월 전에 오픈한 미국 유명 햄버거 브랜드 '파이브 가이즈(FIVE GUYS)'다. 지금도 하루에 300팀 이상이 대기로 줄을 선다. 개업 시에는 600팀 이상이었다. 인원수로 따지면 1천 명 이상이다. 왜 이런 일이 벌어질까? 철저한 준비와 품질관리다.

H그룹의 후계자가 오픈 1년 전부터 미국 현지에서 진두지휘하며 품질, 맛을 연구하며 준비했다. 개업 전 7주간을 직접 뛰며 매장 운영 등 실질적인 준비를 챙겼다. 햄버거의 핵심재료인 감자를 값이 저렴한 냉동감자를 사용하지 않고, 강원도 300여 감자 농가를 직접 방문하여 협업을 통해 구입한다. 어떻게 안 될 수 있겠는가?

이 책에서 수도 없이 강조한 철저한 준비, 품질관리를 위한 발로 뛰는 식자재 직접 구매, 맛의 차별화다. 이렇게 계속해서 관리하고 영업 형태를 유지한다면 이 햄버거는 승승장구하리라고 확신한다.

미국 MLB 샌디에이고 파드리스에서 활약하고 있는 김하성 선수가 요즘 화제다. 신기에 가까운 수비력, 나갔다 하면 뛰는 다이내믹 도루, 관중은 열광할 수밖에. 이런 김하성도 타율이 3할이 채 안 된다. 0.285 정도. 하루 24시간, 일 년 365일 야구 생각만 하고 훈련하는 프로선수도 3할 타자가 되기 어렵다. 전체 MLB 선수 중에서도 3할 타자가 되기 어렵다. 전체 MLB 선주 중에서도 20명 내외 밖에는.

식당을 창업하여 3할 타자가 되면 어떻게 될까? 살아갈 수 없다. 5할을 쳐도 안 된다. 다음 타석이 없다. 한 번 헛스윙하면 망하는 것이다.

왜 식당 창업은 성공보다 실패하지 않는 게 중요할까? 식당을 창업하고 꿈꾸는 사람들은 자본을 많이 가진 사람이 아니다. 돈이 많은 사람들은 식당을 하지 않는다. 퇴직금, 대출금, 빚낸 돈 등 한정된 자금으로 인생 2막을 설계하는 보통 사람들이 대부분이다.

야구 선수는 다음 타석에서 홈런을 치고 안타를 치면 된다. 식당은 망하면 다음 타석에 나갈 수가 없다. 돈이 없어서. 그래서 식당 창업은 성공보다 더 중요한 게 안 망하는 것이다. 대한민국에서 영업 중인 70여 만개의 식당이 전부 경쟁자가 아닌가. 상위 10% 안에 들 자신이 있는가? 식당 창업은 그냥 하는 게 아니다.

책 쓰기를 포기하지 않고 해낸 자신이 자랑스럽다. 보이지 않는 하느님의 도움이 아닐까? 긴 세월 묵묵히 지켜보며 격려해준 아내 정봉교 미카엘라, 훌륭하게 사회생활 잘하고 있는 두 아들, 며느리 손자 손녀는 든든한 후원자이다.

본인 책 내는 것보다 더 신경 쓰고 도와주신 백명숙 작가님, 엄두도 못 냈던 책 쓰기 계기를 만들어 준 유길문, 강평석 두 분께 감사드리고 소근섭 실장 고맙고, 무엇보다 훌륭한 책을 만들어주신 프로방스 조현수 회장님께 감사드린다.

안 망하는 식당 창업

초판인쇄	2023년 8월 23일
초판발행	2023년 8월 30일

글쓴이	오재천
그린이	정인혜
발행인	조현수
펴낸곳	도서출판 더로드
기획	조용재
마케팅	최문섭
편집	이승득
디자인	호기심고양이

주소	경기도 파주시 초롱꽃로 17 3단지 303동 205호
전화	031-942-5364, 5366
팩스	031-942-5368
이메일	provence70@naver.com
등록번호	제2015-000135호
등록	2015년 06월 18일

정가 20,000원

ISBN 979-11-6338-402-1 03810